El explorador de misterios

El explorador de misterios

Historias, poemas y leyendas

Reyna Rayo

www.librosenred.com

Dirección General: Marcelo Perazolo
Diseño de cubierta: Stefanie Sancassano
Diagramación de interiores: Flavia Dolce

Primera edición en español - Impresión bajo demanda

© LibrosEnRed, 2014
Una marca registrada de Amertown International S.A.

ISBN: 978-1-62915-072-7

Para encargar más copias de este libro o conocer otros libros de esta colección visite www.librosenred.com

Introducción

Este libro contiene historias, poemas y leyendas de reflexión, amor y fantasía.

Atrévete a explorar los misterios de la vida misma. Encontrarás historias que te pondrán a pensar y a reflexionar sobre las cosas que hacemos diariamente en nuestras vidas. Tal vez, en alguna historia o en un poema, veas el reflejo de tu propia vida o de alguien que tú conoces.

Este libro es para compartir en familia y pasar agradables momentos en comunión. En estos tiempos tan difíciles, en los que los padres tienen que trabajar mucho para poder solventar tantos gastos y cuando es tan difícil poder darles el tiempo suficiente a nuestros hijos, qué mejor que el poco tiempo que se les ofrezca sea de calidad compartiendo la lectura, una historia, un poema, una leyenda o bellas fantasías. Déjame participar en tus encuentros familiares y explora este libro hecho con gran cariño especialmente para ti.

La desilusión del rosal

Reflexión

Frente al rosal de un jardín,
se acercó un curioso caballero
a contemplar bellas rosas
de color rojo, tan bello.

Le dijo: "hermoso rosal,
deja llevarme una rosa
para tenerla en mi jardín
y convertirla en mi esposa".

El rosal le contestó:
"fíjate bien lo que pides;
necesitas tener buena tierra
y tener buenas raíces".

Al rosal el caballero dijo:
"yo cuidaré de tu rosa,
en mi jardín siempre estará
alegre como mariposa".

El caballero, muy feliz
a cortar la flor se disponía,

mas él nunca imaginó
qué espinas ella traía.

"¡Ay!", exclamó sorprendido
quejándose del dolor;
"si le quitas las espinas,
me llevo a tu bella flor".

El rosal le contestó:
"¡Oh, qué desilusión!
Yo pensé que tú sabías
cómo tratar a una flor".

La rosa es muy hermosa,
sus espinas son dolorosas;
pero, si no quieres sus espinas,
tampoco quieres a la rosa.

EL EXPLORADOR DE MISTERIOS

Hay historias y leyendas que encierran grandes misterios.
Te voy a contar una historia que tal vez te parezca increíble.
Una joven española de nombre Diana, que dice ser vidente, me dio esta historia que hoy escribo en estas páginas.

Un día, cuando ella estaba en la universidad terminando un proyecto, se le acercó un joven estudiante de nombre Esteban y le dijo:

—Diana, tengo una inquietud. ¿Tú has escuchado del gran misterio que se encierra en el Triángulo de las Bermudas?

Ella le contestó:

—Sí, he escuchado. ¿Por qué te interesa ese tema?

El joven le dijo:

—Estoy obsesionado por investigar qué es lo que hay en ese lugar, y así convertirme en un gran explorador de misterios.

Diana le contestó:

—Eso que tú quieres hacer ya lo han hecho muchos, y no han tenido éxito; mejor piensa en otra cosa de más provecho.

Pero Esteban insistió:

—Yo tengo pensado que en estas vacaciones voy a ir a buscar respuestas. Dicen que hay un lugar donde grandes embarcaciones se pierden con todos sus tripulantes y que jamás vuelven. Yo quiero saber si eso es verdad o si solo es leyenda.

Entonces Diana, tomándolo de la mano le dijo:

—Espera; yo puedo ver tu futuro, pues tengo dones que no le cuento a nadie. Quiero saber si tendrás éxito en esa investigación —le dijo—; solo deja que yo vea tu futuro.

Esteban se rio de ella y le dijo:

—Creo que mis deseos de ser un gran explorador de misterios comenzarán contigo. Yo no creo mucho en esas cosas. ¿Cómo puedes saber mi futuro si apenas me conoces?

Diana le dijo:

—Soy vidente, puedo saber hasta tus pensamientos, y también puedo recibir mensajes del más allá.

Esteban, incrédulo, le hizo una prueba, y le dijo:

—Diana, si es verdad lo que dices, que puedes recibir mensajes de los difuntos, pregunta a mi abuelo dónde dejó el dinero que tenía.

Diana, que lo tenía tomado de las manos, le dijo:

—El dinero que tu abuelo dejó está pagando esta universidad. Dice que esa es tu herencia y que, si le vuelves a preguntar, te va a dar de coscorrones.

Esteban, sorprendido pero también muy contento, le dijo:

—¡Sí, Diana, te creo, esas son palabras de mi abuelo! Entonces ella le dijo:

—Esteban, no vayas a ese lugar en busca de una respuesta que no tendrás. Veo en tu futuro una tragedia. Te vi muerto, por favor no vayas.

Pero él le dijo:

—En una semana saldré para resolver ese gran misterio, y ya verás que tus predicciones no eran verdad.

Pero Diana insistía:

—Esteban, no pongas en peligro tu vida, de verdad te vi muerto y pocas veces me equivoco.

Entonces Esteban le dijo, como una broma:

–Si es verdad que tú hablas con los muertos, te buscaré si algo me pasa y te diré qué fue lo que me pasó; voy a estar bien, no te preocupes.

Y ese día fue la última vez que Diana platicó con Esteban; pronto llegó el fin de semana, y con él esas tan ansiadas vacaciones. Ella no supo de Esteban hasta dos meses después, cuando se preparaba para regresar a la universidad a continuar sus estudios.

Diana, en un sueño en el que parecía estar despierta, vio a Esteban, al mismo joven estudiante que había deseado investigar el gran misterio que se encierra en el Triángulo de las Bermudas. Ella le dijo:

–¡Esteban, me da mucho gusto volver a verte! Le doy gracias a Dios que regresaste con bien.

Esteban, que lucía una vestidura blanca, le dijo:

–Diana, tenías razón. Perdí mi vida, pero logré conocer el misterio que se encierra en el Triángulo de las Bermudas. Solo tú puedes saber mi éxito. Te voy contar lo que pasa en ese lugar.

Diana, entre dormida y despierta, le dijo:

–¡Esteban, no me asustes! ¿Perdiste tu vida y volviste para contarme?

–Solo escúchame, te diré lo que pasó.

Yo salí con un amigo, estábamos preparados para todo. Llegamos muy cerca del lugar donde se dice se pierden las embarcaciones. Llevábamos un mapa como guía y vimos un mar tan tranquilo que hasta aburrido nos parecía. Le dije a mi amigo: "¡aquí no hay nada, todo debe de ser una leyenda; es mejor regresar y pasar las vacaciones en una hermosa playa". Pero esa misma tranquilidad vista a lo lejos te daba confianza de seguir. Mientras seguíamos mar adentro, me acordé de tus predicciones. Pero se veía tanta calma que no tenía miedo.

De repente una extraña fuerza nos llevó en dirección opuesta a la que nosotros nos dirigíamos y, a unos escasos cien metros, nuestra lancha comenzó a hundirse. Entonces entramos en pánico. Supimos que allí moriríamos, pero traté de entender qué era ese fenómeno y pude ver un gran remolino que nos iba metiendo en la profundidad del mar. Alcancé a ver pedazos de madera dando vueltas en ese remolino. Nuestra lancha fue tomada por la fuerza del gran misterio del Triángulo de las Bermudas. Por eso se pierden las embarcaciones y jamás aparecen: porque el gran remolino, al atrapar su presa, ya no la suelta; su fuerza es tan grande que terminan hechas pedazos.

Yo tengo la suerte de tener una amiga vidente. Mi vida terminó, y mi espíritu pasó a otra dimensión. Ahora, como tu ángel de la guarda, te cuento el gran misterio del Triángulo de las Bermudas y también te cuento el misterio de pasar de la vida a la muerte. Es verdad, Diana, que después de la vida, empieza una vida eterna.

Te voy a contar lo que ahora yo sé. Si en la vida te portaste bien, y tu espíritu es joven y fuerte, irás a un lugar con perfumes bonitos. En cambio, los que se portaron mal en la vida tienen un espíritu viejo y enfermo, y el lugar donde se encuentran es un lugar frío y maloliente.

Entonces Diana le dijo:

—Yo puedo hablar con los muertos, pero nunca les pregunto cómo es ese lugar. Tenía entendido que el infierno estaba prendido en llamas.

—Mira, Diana, te voy a explicar un poco. El infierno es un lugar muy frío, obscuro y maloliente, y muy cerca está el demonio. Los espíritus que se encuentran en ese lugar se quejan de frío; entonces el demonio sopla sobre ellos, pero por su boca sale un fuego que los quema. Diana preguntó:

—Dime, Esteban, los que están en ese lugar ¿ya no tienen esperanzas? Porque si dices que esa es una vida eterna, qué triste sería llegar a ese lugar.

Esteban le dijo:

—Solo hay una manera de que tengan un poco de descanso. Recuerda que es gente que nunca tuvo compasión por nadie ni respeto a Dios. Pero tienes razón, es una vida eterna. Solo la gente que tiene vida puede ayudarnos; los buenos y los malos solo deseamos que los vivos hagan oración. No pidas por nadie en especial; solo ofrece tus oraciones a Dios, y nosotros tomaremos tus oraciones para entregarlas a Él. Entonces el demonio se aleja de nosotros, porque hasta los espíritus que son buenos son perturbados por él.

Diana preguntó:

—Esteban, ¿y qué pasa con el alma?

Esteban le dijo:

—El alma es entregada a Dios. El alma es como una niña, es el reflejo de tu vida. Si te portaste bien, entregas tu alma contenta; y si no, es una alma triste. Si tu alma esta triste, tu espíritu se siente enfermo. Por eso es muy importante que los que están en la vida hagan oración, así nosotros tomamos un poco de esas oraciones para darle un poco de alegría a nuestra alma, y el espíritu se siente mejor; y también el demonio se aleja de nosotros. Por eso te pido: si un día te acuerdas de nosotros y puedes, danos un poquito de luz. Prende una veladora para todas las ánimas benditas, y todos tendremos un poco de luz. Y algo muy importante que quiero pedirte: cuando te comas un dulce de miel, acuérdate de mí, la miel me gusta. A los espíritus buenos nos gusta la miel, lo agrio y las frutas con aroma como la naranja o la piña, y nos gusta el pan de sal. No pongas comida en un plato, no puedo tomarla. Tú come un poco y acuérdate de mí.

Luego Esteban se despidió de ella diciéndole:

–Diana, te dije que yo sería famoso, que sería el mejor explorador de grandes misterios, y tú serás mi testigo. Entonces ella despertó asustada y le hizo la promesa de que esta historia sería contada.

La noche y yo

Nostalgia

Al murmullo de la noche,
con el cantar de los grillos,
tu nombre llegó a mi mente
entre humo de cigarrillos.

Por ti mis ojos lloraban
al recordar tus amores,
y con la luna miraba
el encanto de las flores.

Con el sereno y el viento,
una suave brisa llegaba;
como consuelo a mis penas,
la noche me acompañaba.

Buscaba, entre mis recuerdos,
motivos que me alegraran;
pero al recordar tu nombre,
la tristeza me embargaba.

Entre humo de cigarrillos
el olvido yo buscaba,
pero el brillo de la luna

tu nombre me recordaba.
La noche será testigo
de lo mucho que te quise,
pero tú nunca sabrás
que me dejaste muy triste.

Un beso y una lágrima

Amor

Un ramo de rosas blancas
un mensajero entregó.
Dijo: "es de aquel caballero,
el que de negro vistió.

Nunca dijo de sus penas
y jamás mencionó un amor;
dijo que lo perdonaras
y solo besó una flor.

Sentado bajo la sombra
que regalaba un ciprés,
me dijo que recordaba
tus ojos color café".

Yo tan solo lo escuchaba
y una lágrima lloré.
Esta se posó en la rosa,
la rosa que besara él.

Hoy, buscando en mis recuerdos,
un ramo seco encontré

y, al tomarlo entre mis manos,
qué sorpresa me llevé.

Ya pasaron muchos años,
y una flor viva encontré.
La rosa tenía un dulce beso
y la lágrima que ayer lloré.

Cinco letras

Amor

La palabra madre...
significa amor;
es tan bella y delicada
como pétalo de flor.

Mayo te da, de sus flores,
su color y su perfume
y yo te doy, con mi amor,
la esencia que a las dos une.

Gracias te doy, madre mía,
que en tu seno me arrullaste
con las canciones de cuna
que, con amor, me cantaste.

De Dios recibiste el nombre
más hermoso de la historia;
que en vida tengas amor,
y el cielo te dé la gloria.

La palabra madre...
significa alegría,

formada de cinco letras,
como la virgen María.

Tus bendiciones recibo,
hermosa madre querida.
El ser mujer es tu orgullo
y es ser principio de vida.

Gracias te doy, madre mía,
que en tu seno me arrullaste,
con las canciones de cuna
que, con amor, me cantaste.

De Dios recibiste el nombre
más hermoso de la historia;
que en vida tengas amor,
y el cielo te dé la gloria.

Una lección de la vida

En un pueblo pintoresco del estado de Oaxaca, se acercaba una gran fiesta en honor al señor de la capilla. Era una hermosa feria con mucho colorido, y todos se preparaban para disfrutar de ella.

Armida, una joven de un pueblo cercano le dijo a su mamá:

—Para que yo vaya a esa fiesta, quiero que me compres un vestido y unos zapatos nuevos.

Pero la mamá le dijo:

—Armida, la semana pasada te compré un vestido y unos zapatos para esa fiesta.

Ella le contestó:

—Pero ya me los puse. Quiero otro vestido y otros zapatos.

—Tú sabes que somos pobres; ya no tengo dinero. Lava ese vestido y limpia tus zapatos; te verás muy bien.

—¿Qué dirán mis amigas, que no tengo ni para unos zapatos nuevos? Así no puedo ir a la feria.

Entonces le dijo su mamá:

—Mira, hija, nunca aparentes ser lo que no eres. Nosotros no tenemos dinero para otros zapatos, somos pobres.

Entonces ella se puso a llorar.

Mientras, los preparativos para esa gran fiesta seguían adelante.

Al llegar el cuarto viernes del tiempo de cuaresma, todo era alegría: había música de viento y los cohetes adornaban el cielo. Llegaban danzas y peregrinaciones de muchos lugares con arcos y coronas de flores. Todo era un gran acontecimiento, y todos disfrutaban de esa fiesta.

Mientras tanto, encerrada en un cuarto, la joven Armida solo pensaba que era infeliz por no tener el dinero para comprar un vestido y unos zapatos nuevos.

Todos eran muy felices; hasta su mamá se vistió humildemente con un vestido limpio y se puso un rebozo que guardaba para ocasiones especiales. Solo Armida se quedó en casa quejándose de su mala suerte.

Así, después de unos días, la hermosa feria llegó a su fin; dejó solo los comentarios de su belleza y a todos muy felices por haber disfrutado de ella.

Una semana después, Armida se encontró con Saúl, un compañero de clase. El muchacho le dijo:

—¡Armida! ¿Cómo estás? No te vi en la feria; mis amigos y yo la pasamos muy bien. Para cerrar con broche de oro, la feria terminó con un gran baile. Estuvo espectacular; hubo grupos, bandas y hasta mariachis. No sabes cuánto nos divertimos.

Entonces ella le dijo:

—No fui a la feria porque me daba vergüenza que vieran mis amigos que no tenía ni para un par de zapatos nuevos; por eso preferí quedarme en casa.

Saúl solo la escuchaba mientras jugaba dando vueltas con su silla de ruedas, y dijo:

—Qué lástima, te perdiste de una gran fiesta por no tener zapatos. En cambio yo me divertí tanto y mírame, ni pies tengo.

A veces la vida te da lecciones que terminan por dolerte, como la lección que Saúl le dio a la pobre Armida.

Ecos en la obscuridad

Reflexión

Al caer el velo de la noche,
quejidos en la obscuridad.
La vida se desprendía
de este mundo sin piedad.

La noche será testigo
de tu amarga soledad;
solo se escuchan gemidos
como ecos en la obscuridad.

¿Por qué dejaste el camino
de luz y felicidad?
¿La traición de un mal cariño?
¿O la falta de amor filial?

En la calle tú viviste
esa vida que hoy termina;
los vicios te han llevado
por un camino de espinas.

Entregarás al Creador
solamente una alma triste.
Cuentas le darás a Dios

de la vida que viviste.
Vuelas a la vida eterna;
vuelve al camino de Dios,
y que tu alma desvalida
del Cielo alcance el perdón.

Fiesta de Navidad

Ya se acerca Nochebuena
y con ella Navidad;
de Jesús el nacimiento
todos vamos a recordar.

Esta linda Navidad,
comprarás muchos regalos;
pero nunca se te olvide
quién es aquí el festejado.

Él no te pide grandezas
ni pide regalos caros.
Solo que nunca te olvides
de que siempre él está a tu lado.

En tu mesa tú tendrás
comida y los mejores vinos;
y a las doce brindarás
con familiares y amigos.

Dirás "feliz Navidad"
entre gritos de alegría.

Da gracias al niño Dios
porque llegó un nuevo día.

Abre las puertas, mi amigo,
antes de tomarte un trago;
y que Jesús, en tu fiesta,
sea tu primer invitado.

¿Cómo nació la Biblia?

Muchos años antes de que apareciera Cristo, después de un gran diluvio que duró cuarenta días y cuarenta noches donde muchos perdieron la vida, quedaron como sobrevivientes solo las personas que Noé se llevó en su arca. Estos fueron multiplicándose por la gran voluntad de Dios. Los más jóvenes se preguntaban de dónde habían llegado quién los hizo, o de qué planeta habían llegado ellos.

Se formaron una meta: ir a todos los pueblos en busca de los más viejos –por ser los más sabios– para que les dijeran cuál era su procedencia. Así fue cómo se enteraron de que existía un Dios, y que este era el creador de todas las cosas visibles e invisibles como los hombres, el agua, el viento, la lluvia y todo lo que en la Tierra existía. Entonces, muy interesados en saber más cosas acerca de Dios, fueron a muchos pueblos donde vivían los hombres más sabios para aprender todo lo que ellos sabían, y todo lo iban escribiendo en grandes hojas hechas de papiro. Muchos de los ancianos solo contaban historias a medias; otros contaban lo que sus padres decían. También hubo quien no tenía buen corazón y solo contaba historias falsas. Pues, como sabemos, el demonio es el enemigo más grande de Dios; siempre ha tratado de evitar que Dios fuera reconocido como el ser más poderoso y el único creador de todo lo bueno, y ha sembrado la cizaña en los más débiles. Pero los jóvenes escribían todo lo que se les decía.

Un anciano de nombre Isaías –decían que era el profeta más sabio de aquellos tiempos– les dio la historia más grande e importante, con la cual ellos quedaron maravillados. Les contó lo que deseaban saber: cuál era el origen de la vida. Les dijo que el primer hombre que hizo Dios era de barro, muy semejante a él, que le dio vida con un soplo espiritual y que le dio por nombre Adán. Después pensó que Adán no podía permanecer solo y buscó entre todos los animalitos a alguien que lo acompañara, pero no encontró ninguno que se le pareciera. Así que hizo caer al joven Adán en un profundo sueño y le sacó una de sus costillas, con la cual formó una mujer quien fue cuidada por el mismo Adán. A ella le dio el nombre de Eva. Y Dios les dijo: "cuando crezcan, ustedes se multiplicarán y llenarán toda esta tierra".

Uno de los jóvenes le preguntó a Isaías:

–¿Entonces cómo llegamos nosotros? ¿Ellos tuvieron muchos hijos? Cuenta qué pasó. ¿Se unieron los hermanos con las hermanas?

–Esto es interesante –Isaías les contestó–, pues tal vez eso podría haber pasado. Pero Adán y Eva solo tuvieron dos hijos varones, y pasó algo muy triste. Ellos vivían en un paraíso muy parecido a este donde vivimos, pero el demonio un día se hizo pasar por Dios y engañó a Eva. Le dijo que comiera el fruto de un árbol, que esa fruta era inofensiva. Pero Dios les había dicho que la fruta verde de ese árbol no era dulce y que no se la comieran; cuando esa fruta estuviera madura, sería muy dulce. Entonces el demonio, aprovechando el momento en que la fruta no estaba madura, le dijo a Eva: "prueba ese fruto, mujer, ya es muy dulce". Ella se asustó porque solo escuchaba la voz pero no veía a nadie, y cayó desmayada.

Cuando Adán la encontró, se asustó al verla tirada. Entonces escuchó esa misma voz que Eva había escuchado (pero más fuerte) que les decía: "comieron del fruto prohibido, están expulsados de mi paraíso".

Adán, pensando que habían desobedecido, tomó a Eva y a sus dos niños y salieron del paraíso.

Uno de los jóvenes preguntó:

—¿Pero adónde fueron? ¿Qué pasó después?

Isaías le dijo:

—Llegaron a un desierto; allí se alimentaban de las raíces y tallos de las pocas plantas que había. Adán, al ver a sus hijos carecer de todo después de haber estado en un bello paraíso donde nada les faltaba, le preguntaba a Dios a gritos: "Señor, ¿por qué me castigas? Aquí nos vamos a morir de hambre".

Pero el demonio, que se mantenía cerca de ellos, se acercó un día a uno de sus hijos —al mayor, de nombre Caín— y le dijo que demostrara su valor sacrificando a su hermano; así todos volverían al paraíso, esa era la voluntad de su Creador. Caín solo contaba con diez años, pero pensaba en sus padres y sabía que su hermano iba a estar en un lugar bonito al lado de Dios, y que era la voluntad de su Creador; por eso tomó una piedra y la arrojó contra su hermanito Abel, que solo tenía nueve años.

De pronto Caín escuchó unas carcajadas que se alejaban. Entonces se dio cuenta de que había sido engañado y, por temor, en ese mismo lugar también se quitó la vida.

Uno de los jóvenes dijo:

—Qué triste... Pero cada vez entiendo menos. Si los hijos de Adán y Eva fallecieron, y ellos ya no tuvieron más hijos, ¿de dónde aparecimos nosotros, Isaías?

—Dejen que les siga contando. Cuando Adán y Eva encontraron a sus dos niños sin vida, ellos murieron en poco tiempo de tristeza. Se dice que cuando, en espíritu, llegaron a la presencia de Dios, supieron que Él nunca los había expulsado del paraíso; que todo había sido obra del demonio, su enemigo.

Los jóvenes, desconcertados por la historia que Isaías les contaba, preguntaron con mucho más interés que al principio:

—Cuéntanos, Isaías. ¿Qué más sabes? ¿Entonces cómo nacimos nosotros? ¿O de dónde salimos?

—Ahora estamos como en un principio —dijo uno de ellos—; no quisiera pensar que soy un animalito.

Isaías se rio y le dijo:

—Bueno; tanto como un animalito, no. Les voy a contar la otra parte, y así entenderán quiénes son y de dónde vienen.

Perdieron la vida Adán, Eva y sus hijos, pero Dios no se dio por vencido ante la maldad de su enemigo. Dicen que hizo que el sol penetrara hasta las entrañas de la tierra, en la profundidad del mar, y esperó los resultados sentado a la orilla. Así, pasadas unas cuantas lunas, después de mucho esperar, salieron del agua dos niños y dos hermosas niñas. Dios les dio un espíritu fuerte que dividió en tres partes.

Uno de los jóvenes preguntó:

—¿Pero por qué en tres partes? ¿Cuál era el propósito?

Isaías contestó:

—Nuestro espíritu está dividido en tres partes: una parte está en el cuerpo, y las otras dos caminan cerca para cuidarnos. Cuando el cuerpo descansa, las otras dos partes del espíritu velan el sueño. Si estamos en peligro, nos despiertan. También cuando hacemos algo que no está bien, nos arrepentimos de lo que hicimos, nos lo reprochamos. Para que me entiendan, es lo que llamamos la conciencia, que no nos deja en paz. También el demonio puede ponerle maldad a alguna de las partes de nuestro espíritu y obligarnos a caer en pecado. Por eso debemos tener mucho cuidado y pensar muy bien las cosas antes de hacerlas. Piensa una y otra vez si de verdad eres tú el que quiere hacer lo que estás pensando, más cuando se trata de hacerle daño a tu prójimo. O haz caso a tu conciencia, lucha contra las malas tentaciones; recuerda que tú eres obra de Dios y que tienes la capacidad de vencer al enemigo.

Otro de los jóvenes dijo:

—Eso es muy interesante. ¿Entonces nosotros salimos del agua?

Isaías le contestó:

—Sí, aunque la historia podría haber sido otra porque deben saber que pasaron muchas cosas. Cuando todo estaba de lo mejor (pues se dice que ya había aproximadamente mil habitantes), el demonio quiso terminar otra vez con toda la creación. Hubo un gran diluvio donde la gente perdió la vida pero, gracias a un hombre llamado Noé, que pudo meter en su arca a veintisiete personas, estamos aquí contando esta historia.

Uno de los muchachos preguntó:

—¿Y por qué solo veintisiete y no salvó a más?

—Él quiso salvar a todos, pues había tenido un sueño en el que veía esa tormenta. Les dijo a todos que hicieran arcas y que salieran de ese lugar, pero nadie le creyó. Así que, cuando llegó ese diluvio, él tomó a su familia y a otros que lo siguieron; pero el viento ya era muy fuerte y el arca ya no tenía espacio. Noé tuvo que cerrar las puertas y alejarse de ese lugar.

Los jóvenes querían saber más, pero Isaías les dijo:

—Solo puedo decirles que fuimos rescatados por Noé y que somos sobrevivientes de ese diluvio.

Y así escribieron lo que Isaías les contó acerca del origen de la vida como historia para leerla a las nuevas generaciones.

Siguieron caminando; ya tenían una gran historia, pero les faltaba mucho por saber. Les interesaba saber más de Dios, y siguieron preguntando y escribiendo todo lo que de Dios se sabía. Y así se fue formando una gran escritura.

Los años fueron pasando, y otro grupo de jóvenes siguió los pasos de sus padres. También les interesaba saber lo que los más viejos sabían acerca de Dios y salieron en busca de datos para seguir escribiendo cosas interesantes que los más viejos sabían.

Llegaron a la casa de un señor de nombre Abraham. Él era el hombre más sabio de aquellos tiempos. Los hizo pasar y le dijo a su esposa Sara que preparara unos panes para dar de comer a esos viajeros. Mientras los jóvenes descansaban y tomaban agua fresca, le hacían preguntas a Abraham. Uno de ellos dijo:

—Sabemos que usted sabe mucho acerca de Dios. Nosotros venimos desde muy lejos en busca de hombres sabios que nos hablen de Él.

Entonces Abraham les dijo:

—Yo soy un profeta enviado por Dios y puedo decirles que tengo el don de recibir mensajes del Creador.

Uno de los jóvenes preguntó:

—¿Y cómo se dirige a usted? ¿Lo ve? ¿Cómo viste? ¿Cómo habla con usted?

Abraham le dijo:

—Yo tengo revelaciones y, si lo miro como en un sueño, me da mensajes de cosas que pasarán en un futuro.

Los jóvenes, muy interesados, le dijeron:

—Díganos alguno de esos mensajes, algo que debamos saber.

Abraham les dijo:

—El mensaje más importante que he recibido es que tengamos cuidado porque el demonio siempre está acechando alrededor de nosotros; que pongamos resistencia a sus mandatos y a las malas tentaciones. Y también me dijo que un día Él vendrá para vivir entre nosotros.

Uno de los jóvenes preguntó:

—¿Cómo llegará? ¿Cómo sabremos que se trata de Él?

Abraham le respondió:

—Enviará señales divinas, pues nacerá un niño de una mujer virgen, que jamás ha sido tocada por ningún hombre.

Uno de los jóvenes preguntó:

—¿Pero es eso posible?

Abraham le dijo:

—Debes saber que Su poder es infinito y que para Él no hay imposibles. Así como nace una flor sin que nadie plante una semilla, así nacerá un niño de una mujer virgen. Ese niño traerá una parte de Su propio espíritu. Vivirá entre nosotros, curará a los enfermos con sus propias manos, y todos seremos felices.

Uno de los jóvenes preguntó:

—¿Cuándo vendrá? ¿Quién verá cumplirse esa profecía?

Abraham contestó:

—El día, el tiempo no lo sé, pero puedo asegurarles que ocurrirá. Él vivirá entre nosotros, y todos sabremos de él.

Hubo uno que dijo en voz baja:

—Para cuando eso pase, yo estaré muerto.

Entonces Abraham le dijo:

—La muerte es para un condenado, pero tienes razón. Los únicos que no sabrán de las grandezas de Dios serán los muertos, porque los que se mantengan en el buen camino de la justicia y busquen siempre la protección de Dios, aunque pierdan la vida en la Tierra, no morirán para siempre. Pues después de la vida terrenal (que, por cierto, es muy corta), empezará una nueva vida; y si se siguen los mandamientos de Dios, será una vida eterna.

Y con ese mensaje, se alejaron de la casa de Abraham. pero este antes les hizo una advertencia: "escriban, pero tengan mucho cuidado; pues el demonio tomará muchos hombres para convertirlos en falsos profetas que les dirán haber recibido mensajes de parte de Nuestro creador, mensajes que darán miedo".

Los jóvenes escribieron todo lo que Abraham les dijo y agradecidos se alejaron. Fueron a muchos pueblos en busca de gente sabia que les contaran todo lo que sabían acerca de Dios y sus prodigios, y así fueron escuchando y escribiendo historias verdaderas. Pero, como les dijo Abraham, también fueron encontrando falsos testimonios que también se escribieron en esas grandes escrituras. Por ejemplo, hubo falsos profetas que decían haber recibido mensajes de Dios donde Él les decía que el niño que naciera de una mujer virgen sería el rey de la tierra pero que, cuando cumpliera treinta años, debería morir en una cruz; pero eso fue dicho por falsos profetas. Y así, entre verdaderos testimonios, grandes revelaciones de profetas y gente sabia y testimonios filtrados de falsos profetas, se fueron formando unas grandes escrituras.

Con el pasar los años, se cumplía la profecía dada al gran profeta Abraham. En una ciudad llamada Nazaret, una niña de nombre María crecía y llegaba a la adolescencia. En ese tiempo había una ley que decía que todas las mujeres de catorce años debían ser escogidas para ser tomadas como esposas, pero la dulce María no deseaba ser unida en matrimonio. A ella le gustaba cortar flores y bailar para agradar a Dios. Sus padres eran ancianos y deseaban que su hija fuera escogida por un buen hombre pero, de pensarlo, María lloraba y se ponía muy triste.

Entonces un amigo de la familia, de nombre José, que también era de edad avanzada, le dijo a María: "como tú sabes, yo soy un viejo y te quiero como a una hija; no quiero verte triste. Cuando llegue el día, tú cumplirás con esa ley; yo te escogeré como mi esposa, y tú seguirás siendo la niña que baila y platica con las flores. Serás feliz, y yo siempre te cuidaré como mi niña que eres". Así fue cómo María se unió en matrimonio con un humilde viejo carpintero para cumplir con una ley.

Pasaron unos días, y María recibió una visita. Se le apareció un ángel que le dijo:

—Salve, María, soy el ángel Gabriel y te traigo una nueva. Por voluntad del Creador, serás madre; tendrás un hijo y le pondrás por nombre Jesús.

María se asustó y le dijo:

—Pero si yo nunca he sido tocada por hombre alguno.

El ángel dijo:

—Bendita eres entre todas las mujeres porque, por obra del espíritu santo, serás concebida.

María entendió que en ella se cumpliría una profecía que se encontraba escrita en unas antiguas escrituras y le dijo al ángel:

—Soy su sierva, que se haga en mí Su voluntad.

También José fue avisado, por el mismo ángel Gabriel, de la concepción de María. Al igual que mucha gente de esa época, él sabía de esa profecía y, aunque al principio se asustó y tuvo dudas, después tomó las cosas con más calma y aceptó la voluntad de Dios. También les daba miedo saber que existía otra profecía que decía que el niño, al crecer, sería crucificado, pero tenían la esperanza de que esa triste profecía no se cumpliera.

Y después del nacimiento del niño Jesús, los interesados en saber más cosas de Dios padre —y, desde ese momento, de los milagros que el hijo de Dios hacía en la tierra— siguieron escribiendo esas antiguas escrituras. Pero llegó un momento en que ya era tanto lo que estaba escrito que decidieron dividir en dos partes las antiguas escrituras y convertirlas en un viejo y un nuevo testamento. Después fueron apareciendo escritos que se les añadieron, como libros de grandes profetas que recibieron mensajes de parte de Dios. Estos son el Apocalipsis, que habla de predicciones y revelaciones dadas a Juan el bautista, y otras predicciones dadas a otros profetas que también se encuentran en otros escritos como el Génesis, Éxodo, Hechos de los apóstoles y las cartas enviadas a diferentes tribus. Hay también otras importantes escrituras que hoy forman parte de la sagrada Biblia.

LA DIOSA DE LOS VIENTOS

Fantasía

Soy la diosa de los vientos
y volando siempre voy;
sobre la tierra y los mares
con mi baile paso yo.

Siempre con mi pelo suelto
y mi vestido de tul,
de día visto muy brillante
y de noche visto de azul.

Bajo las estrellas paso,
soy dueña de la libertad;
volando llevo una nube
para las flores regar.

Perdona si te lastimo
cuando llevo mucha prisa;
después vendré junto a ti
cuando solo sea caricia.

Yo juego con un cometa
y molinos de madera,

te doy las olas del mar
y vuelo por las praderas.

Me gusta la primavera,
disfruto bellos momentos,
de las flores llevo perfume:
soy la diosa de los vientos.

EL AMOR DEL SOL Y LA LUNA

Fantasía

Las leyendas son historias contadas por nuestros antepasados, y nunca se sabe si son reales o producto de una fantasía. Hoy te contaré una leyenda.

En el año 1358, en una ciudad azteca, había grandes imperios de reyes que tenían dominio sobre los habitantes. En uno de esos grandes imperios, vivía el rey Ixtlácil. Era el dueño de grandes tesoros y tenía esclavos a su servicio. Tenía una hija de nombre Blanca Luna; ella estaba enamorada de un hombre muy humilde, de origen azteca; su nombre era Tonatiuh, que en su lengua significa "sol brillante". Pero el rey deseaba que su hija se casara con un hombre honorable; le impuso como novio a un joven que pertenecía a su misma clase y así se lo hizo saber a su hija. La bella Blanca Luna, al saber esto, le dijo:

—No, padre, yo me casaré con el hombre que mi corazón me diga.

El rey, al escuchar a su hija y saber de quién estaba ella enamorada, le dijo:

—Blanca Luna: si tú desobedeces mi voluntad, sobre ti caerá mi más grande maldición, y jamás serás feliz.

Ella, llorando, le dijo:

—Soy tu hija, no puedes estar hablando en serio. Yo uniré mi vida al hombre que mi corazón ama.

Y así seguía el romance de Tonatiuh y Blanca Luna, y los dos eran muy felices. Cuando ella tenía la oportunidad, se escapaba para encontrarse con su amado. Corrían en los bellos campos floridos, pero Blanca Luna sabía que su padre jamás aceptaría ese amor. Así que una noche, cuando la luna brillaba en un cielo lleno de estrellas, la princesa Blanca Luna se escapó para reunirse con su gran amor Tonatiuh.

Al otro día, cuando el rey Ixtlácil se enteró de que su hija había escapado para unir su vida con un indígena que no era de su clase, envió a sus más fieles servidores para que fueran en busca de la bella Blanca Luna, y les dijo:

—Vuelvan con ella así tengan que traerla a rastras; y a él le dan muerte.

Y los soldados salieron en sus caballos en busca de los enamorados.

Días después regresaron, y uno de los soldados le dijo al rey:

—Señor, los buscamos pero parece que la tierra se los tragó, no pudimos encontrarlos.

El rey Ixtlácil, muy enojado, les dijo:

—Son unos inútiles, no puedo creer que tenga soldados tan fuertes y que se den por vencidos. Yo les demostraré que ella regresará y que ese indígena se arrepentirá de haberse robado a mi hija.

Entonces el rey mandó llamar al gran brujo Chalóc y, cuando lo tuvo frente a él, le dijo:

—Mi hija ha escapado con el indio Tonatiuh. En tus manos pongo el amor y el futuro de los dos; quiero a mi hija de regreso y a ese nativo lejos de ella.

Entonces el brujo Chalóc le dijo:

—Yo romperé ese amor y desviaré su futuro. Separaré el espíritu de sus cuerpos, los alejaré uno lejos del otro y sacaré el amor de esos corazones.

El rey le dijo:

—Si me fallas, haré que me traigan tu cabeza en la punta de una espada.

El brujo le dijo:

—Señor, tenga la seguridad de que esos corazones serán partidos de dolor y que su hija no volverá a sentir amor por Tonatiuh.

Y así, con la promesa de que ese amor terminaría y recordando las amenazas que el rey le hiciera, el brujo se alejó diciendo que muy pronto la bella Blanca Luna estaría de regreso al lado de su padre.

Mientras el rey Ixtlácil buscaba la manera de separar a su hija del enamorado Tonatiuh, ellos, muy lejos de la maldad del rey, disfrutaban de su inmenso amor.

En una humilde aldea, antes de que el sol saliera, Tonatiuh regresaba del campo trayendo hermosas flores bañadas de rocío. Jalando a la bella Blanca Luna, la llevó ante la imagen de Huitzilopochtli, una gran piedra que representaba la presencia de Dios. Allí Tonatiuh y la hermosa Blanca Luna se juraron amor eterno con una lluvia de pétalos de flores blancas que Tonatiuh dejaba caer sobre su amada.

Días después, el rey Ixtlácil recibió la visita del gran brujo Chalóc. En su presencia, este le dio los resultados del trabajo encomendado y le dijo:

—Señor, el trabajo que se me encomendó está llegando a su fin. Pero quiero decirle que ese amor es tan fuerte que he recurrido a todos mis conocimientos y poderes. Al fin he logrado separar el espíritu de sus cuerpos y alejarlos el uno del otro, pero le advierto que el más débil morirá.

El rey preguntó angustiado:

—¿Qué quieres decir? ¿Que será mi hija Blanca Luna quien muera? Si eso quieres decirme, sabrás que yo mismo haré rodar tu cabeza con mi propia espada.

Entonces el brujo le contestó:

—Señor, en este caso la que tiene la fuerza es su hija, porque su cuerpo hoy tiene doble fuerza. El vientre de su hija tiene un espíritu muy fuerte; su hija Blanca Luna lleva un hijo en sus entrañas.

El rey, encendido de ira, le dijo casi con lágrimas de impotencia:

—¡No! ¡Eso no! ¿Por qué no lo evitaste?

El brujo dijo:

—Su amor es más fuerte que mis poderes. Pero, como le repito, he logrado separar sus espíritus y alejarlos uno del otro, y jamás se volverán a juntar. En las pirámides del valle, en lo alto de la cima, quedaron separados para siempre. Cuando su hija vuelva, ya sabré qué hacer con ese niño.

Mientras tanto, en la aldea donde Tonatiuh y Blanca Luna se encontraban, la alegría entre ellos era envidiable. El joven azteca bailaba una danza dando gracias a Chiconahui (la diosa de la fertilidad), pues en el vientre de su amada Blanca Luna ya latía el fruto de su amor.

Pero la felicidad entre ellos pronto se convertiría en angustia para la bella Blanca Luna y en tristeza para el joven azteca.

En una noche sin luna, Tonatiuh perdía su fuerza inexplicablemente; caía enfermo, y Blanca Luna estaba asustada, pues Tonatiuh era un hombre muy fuerte.

El joven azteca, al sentirse tan enfermo, le dijo a Blanca Luna:

—Corazón mío, si yo muero, júrame que cuidarás de mi hijo. Te pido que, si es un niño, le pongas el nombre de Saltíel, para que en el mundo de tu gente sea respetado; y si es niña, le pongas el nombre de Xochitl, que en lengua azteca significa "la princesa de las flores".

Blanca Luna le dijo:

—Tú no morirás, mi sol brillante. Pronto te pondrás bien, y los tres correremos por los campos.

Pero la salud de su amado cada día desmejoraba. Un día muy temprano, Tonatiuh la llamó para decirle:

—Lo más hermoso de mi vida fuiste tú, mi bella Blanca Luna. El fin se acerca; júrame que este amor será eterno. Siempre estaré a tu lado y cuidaré de nuestro hijo. Si los grandes dioses lo permiten, yo reencarnaré en un ave y volaré junto a ustedes. Mi alma se va, mi corazón se queda.

Y, cerrando los ojos como en un profundo sueño, el joven azteca murió ante los ojos incrédulos de su amada Blanca Luna. Ella no podía creer que su felicidad había terminado.

Acompañada por la gente de la tribu azteca, en un ritual con flores e incienso de copal, despidieron y pusieron en un sepulcro el cuerpo inerte de Tonatiuh, el joven azteca. Mientras tanto, Blanca Luna se llenaba de tristeza al recorrer sola ese campo donde había sido tan feliz con su amado sol brillante.

El rey, al enterarse de la muerte del joven azteca, fue a la aldea acompañado de varios soldados en busca de su hija Blanca Luna. Ella no deseaba regresar al castillo, pues quería que su hijo naciera entre su gente, pero el rey se la llevó contra su voluntad. El rey quería terminar con su macabro trabajo y hacer que la bella Blanca Luna perdiera el hijo que llevaba en sus entrañas.

Ya en el castillo, el rey Ixtlácil le dijo:

—Blanca Luna, es necesario que ese niño no nazca, te lo digo por el bien de todos. Serás libre; pronto encontrarás a un hombre de nuestra clase y serás feliz.

Pero Blanca Luna, al escuchar lo que su padre deseaba, le dijo:

—Padre, yo jamás amaré a otro hombre que no sea Tonatiuh, y no me obligarás a quitarle la vida a mi hijo. Volví aquí porque tú me obligaste, y te digo desde hoy que defenderé a mi hijo si es posible con mi propia vida.

Como sabía lo que su padre pretendía, ella se quedó en el castillo, pero siempre alejada de su padre.

Y así, envuelta en una gran tristeza por la muerte de su amado, pasaban los meses y llegaba el momento del nacimiento del hijo. Blanca Luna fue atendida por una esclava de nombre Erendira, que en lengua azteca significa "princesa sonriente". El rey le había dado órdenes de llevarse al niño al nacer; luego él le explicaría a su hija.

Cuando Blanca Luna estuvo a solas con la esclava, le dijo:

—Mi hijo será tan fuerte como su padre y se llamará Saltíel.

La esclava, que no podía decirle lo que su padre había ordenado, solo le dijo:

—Sí, niña, así se llamará; y si es niña, será tan linda como usted.

Entonces ella le dijo:

—Si es niña, se llamará Xochitl.

La esclava le dijo:

—Sí, mi niña, será la princesa de las flores.

Y, con un poco de dificultad, nació un hermoso niño grande y fuerte; pero la bella Blanca Luna estaba cansada y se quedó dormida. Cuando despertó lo primero que hizo fue preguntar por su niño. Su padre estaba a su lado y le dijo:

—Lo siento, hija, pero tu hijo dejó de respirar. Ya los esclavos lo pusieron en un sepulcro, y tú pronto estarás bien.

Blanca Luna le dijo:

—Pero yo escuché a mi hijo llorar. ¿Por qué murió?

El padre, fingiendo un dolor que no sentía, le dijo:

—Estoy tan triste como tú, hija; ya mi corazón había aceptado a tu hijo, pero era muy pequeño y falleció. Lo siento, descansa; pronto te resignarás y te sentirás mejor.

Pero el rey Ixtlácil estaba feliz: al fin se había deshecho del hijo de ese indígena, como él lo llamaba, y dijo para sí mismo: "el hijo de tu pecado será otro más de mis esclavos, y tú jamás sabrás lo que aquí pasó".

Y así la bella Blanca Luna, al perder a su hijo, se sentía doblemente triste. La vida no le importaba, y poco salía de su habitación. Solo de vez en cuando, miraba por una ventana a los niños de los esclavos sin imaginar que, entre ellos, estaba su propio hijo.

Mientras ella era una princesa triste, su niño crecía fuerte y sano junto a la que él creía su madre. Un día este llegó corriendo donde estaba Erendira y le dijo:

—¡Mamá! Estaba jugando y vi por la ventana de la casa grande a una señora bonita, y ella se rio conmigo.

Entonces Erendira le dijo:

—Mira, mi niño; no vuelvas a acercarte a la casa grande porque el patrón se puede enfadar.

Pero Erendira pensó que el niño debía saber que esa señora bonita era su verdadera madre, y así lo hizo. Le explicó, con palabras para que el pequeño Saltíel entendiera, que él era el fruto de un verdadero amor, pero no deseado por el patrón.

El niño era muy inteligente y entendió todo lo que Erendira le dijo. Ya sabía que la señora bonita era su madre, así que, escondiéndose de vez en cuando, se acercaba a la casa grande (como ellos le llamaban) y, sin hablarle, solo la miraba y le robaba una sonrisa. Ella solo pensaba y murmuraba: "tiene como la edad que tendría mi hijo". Pero ese recuerdo solo le daba tristeza y cerraba la ventana. Así pasaron dieciséis años.

Un día le avisaron a Blanca Luna que su padre, el rey Ixtlácil, estaba muy enfermo; se había contagiado de una fiebre mortal llamada fiebre carbónica. Ella corrió a su lado y, angustiada, le dijo:

—¿Qué te pasa, padre? Me dicen que estás enfermo. ¿Cómo puedo ayudarte?

El rey le dijo:

—Blanca Luna, acércate. Estoy enfermo de gravedad y quiero hacerte una confesión. Espero que me perdones, todo lo hice por el amor que yo te tengo.

Blanca Luna le dijo:

—Padre, ¿qué puede ser más importante que tu salud? No te esfuerces.

Pero el rey le dijo:

—Es importante lo que quiero que sepas, solo te pido que me comprendas y me des tu perdón. El día que tú te fugaste con ese indígena azteca, yo estaba muy enojado. Mandé a mis hombres para que te buscaran, pero no te encontraron. Entonces llamé al gran brujo Chalóc para poner en sus manos tu futuro y romper el amor que los unía. Por eso ese azteca murió, tú perdiste tu alegría y así has vivido todos estos años. Espero que me perdones.

Y sin decir nada más, murió, dejando a Blanca Luna desconcertada por la terrible confesión que le había hecho.

Al día siguiente Blanca Luna mandó llamar a la esclava Erendira y le dijo:

—Erendira, necesito que me digas qué pasó el día que nació mi hijo. Quiero saber el lugar donde fue puesto su cuerpecito, necesito saberlo. Mi padre me hizo una confesión de la que estoy asustada; no dudo de que mi propio padre le quitara la vida a mi hijo.

Pero Erendira le dijo:

—El patrón está muerto, y ya no tengo por qué seguir callando. Usted debe saber, mi niña, que su hijo no murió; por orden de su padre, su niño fue criado por nosotros los esclavos; esas fueron sus órdenes. Él quería que el hijo del joven Tonatiuh fuera otro más de sus esclavos; y como usted sabe, mi niña, nosotros tenemos prohibido hablar, por eso todos callamos.

Blanca Luna, que no salía de su asombro, le preguntó:

—¿Y dónde está mi hijo? ¿Quién es? ¿Cómo se llama? La esclava contestó:

—Niña, usted me dijo que lo llamaría Saltíel, y así se llama su hijo. También debe saber que mi niño Saltíel, desde los cinco años, sabe que usted es su verdadera madre, y él la quiere mucho a usted, mi niña.

Blanca Luna le dijo:

—Erendira, que mi dios y todos los dioses te bendigan. Sabrás que mi padre confesó haber hecho un hechizo junto con el gran brujo Chalóc para separarme de mi amado Tonatiuh, y quisiera hacer algo para que el hombre que mi corazón ama descanse en paz.

Entonces Erendira le dijo:

—El malvado brujo Chalóc murió por el contagio de la fiebre mala, la misma que mató al patrón. Pero hay alguien que puede ayudarla, mi niña Blanca Luna. Si usted quiere, yo la llevo con buen brujo Tlacaele, que en su lengua nativa significa "persona dirigente".

Blanca Luna le dijo:

—Mi corazón hoy recibió alegría al saber que mi hijo no murió; pero antes de conocerlo, quisiera que su padre esté en descanso. Llévame, Erendira; después me traes a mi hijo para conocerlo.

Así llegaron hasta la presencia del buen brujo Tlacaele quien, al verla, le dijo:

—Mi aldea se ilumina con su belleza, niña Blanca Luna. ¿Qué la trae por aquí?

Ella le dijo:

—Recibe mi saludo, buen brujo Tlacaele. Necesito de tu ayuda; mi padre, al morir, confesó haber hecho un hechizo para separarme del hombre que yo amaba. Mi amado Tonatiuh murió, y deseo que su alma descanse en paz.

El buen brujo Tlacaele le dijo:

—Solo hay una manera de romper ese hechizo. Tú deberás ofrecer tu propia vida como sacrificio, pero también debes saber que tu hijo correrá la misma suerte que ustedes, porque también sobre él cayó esa maldición que tu padre te dio.

Blanca Luna le dijo:

—Dime, brujo Tlacaele, ¿qué debo hacer? Hace muchos años que mi vida no me importa. La felicidad de mi hijo vale más que mi propia vida; mi amado sol brillante descansará en paz, y nuestro hijo será feliz.

El buen brujo Tlacaele le dijo:

—Te ayudaré, pero no olvides que estás sacrificando tu vida —le dijo—. Los espíritus de ambos fueron separados por la maldad y puestos de espaldas uno contra el otro. Tendrás que escalar hasta la cima de las grandes pirámides que se encuentran en el valle, primero la más grande. Llevarás contigo un cristal de cuarzo de color azul; llegarás a la cima y llamarás a tu amado por su nombre; él te seguirá. Después buscarás tu propio espíritu; escalarás la otra pirámide y llegarás a la cima llevando el cristal de cuarzo azul en tus manos. Lo pondrás sobre una piedra de jade que allí se encuentra, y allí tú te ofrecerás como sacrificio. Los torrentes de tu sangre romperán ese hechizo; tu espíritu se reunirá con tu amado, y tu hijo será muy feliz. Pero piénsalo muy bien; el precio que debes pagar es muy alto, pues el hechizo es muy fuerte.

Blanca Luna le dijo:

—Gracias, buen brujo Tlacaele. No te preocupes por mí, hace muchos años que estoy muerta en vida. Solo piensa que yo estaré feliz al lado de mi amado Tonatiuh y que mi hijo será feliz y quedará libre de esa maldición.

Y así, acompañada de la esclava Erendira, salió de la aldea del buen brujo Tlacaele.

En el camino, Blanca Luna le dijo a la esclava:

—Erendira, tú seguirás siendo la madre de mi hijo. Yo debo terminar con ese hechizo. Tonatiuh y yo estaremos unidos por nuestro amor, y juntos velaremos por la felicidad de mi hijo. Te pido que no le digas a nadie lo que voy a hacer; cuida mucho a mi hijo, y que mi dios y todos los dioses te bendigan.

La esclava Erendira, con lágrimas en los ojos, le dijo:

—Niña Blanca Luna, mi niño Saltíel será feliz. Siempre sabrá quiénes fueron sus verdaderos padres y lo mucho que se amaron.

Al día siguiente, antes de que el sol saliera, la bella Blanca Luna salió rumbo al valle donde se encontraban las grandes pirámides, decidida a entregar su propia vida por amor.

Y así como le dijera el buen brujo Tlacaele, con un cristal de cuarzo color azul en sus manos, se dispuso a escalar la gran pirámide. Cuando estuvo en la cima, puso el hermoso cristal azul sobre la gran pirámide y gritó con fuerza: "¡Tonatiuh! ¡Tonatiuh! ¡Sol brillante! Soy tu amada Blanca Luna. Si estás dormido, despierta". Y volvió a llamarlo, repitiendo su nombre: "¡Tonatiuh! ¡Tonatiuh! ¡Sol brillante!".

Entonces pasó algo: los rayos del sol se posaron sobre el cristal de cuarzo y sacaron hermosos destellos brillantes color azul. Ella sintió una gran energía y mucha fuerza. Con el cristal de cuarzo en sus manos, descendió de la gran pirámide y se puso en camino dispuesta a escalar la segunda pirámide en busca de su propio espíritu. Escalaba lentamente llevando el cristal de cuarzo color azul en sus manos. Tenía sentimientos desconocidos para ella; por una parte tenía miedo —pues contaba los minutos de su vida—, pero estaba contenta al saber que pronto estaría con su amado Tonatiuh y que su hijo quedaría libre de esa terrible maldición y sería muy feliz. Lentamente pero sin detenerse, siguió escalando la pirámide. Cuando le faltaba muy poco para llegar a la cima, quiso descansar un poco como preparándose para su propia muerte, cuando de pronto escuchó una voz muy fuerte que venía desde la cima de la pirámide.

Reyna Rayo

Allí estaba un joven fuerte y bien parecido. ¡Era Saltíel, su hijo! Él había escuchado la última conversación que la esclava Erendira había tenido con Blanca Luna, la señora bonita como él le decía. Estaba en la cima con los brazos el alto, y gritó con voz fuerte a los cuatro vientos: "¡Aquí estoy! ¡Soy el sacrificio de Blanca Luna! ¡Soy el amor de Tonatiuh y Blanca Luna! ¡Y tengo torrentes de sangre de Tonatiuh, mi padre! ¡Y tengo torrentes de sangre de Blanca Luna, mi madre! ¡Soy el fruto del amor de sol brillante y de Blanca Luna! ¡Soy su sacrificio!".

Blanca Luna, temblando de miedo –pues no sabía lo que allí iba a pasar– con mucho esfuerzo llegó hasta donde estaba Saltíel. Puso el cristal de cuarzo color azul sobre la piedra de jade donde su hijo estaba parado y ella debía ser sacrificada, y le dijo:

–Hijo, déjame terminar con este hechizo. Debo sacrificarme para que mi sangre rompa con toda la maldad de mi padre y todos seamos felices.

Entonces Saltíel la abrazó muy fuerte y le dijo:

–Madre, señora bonita, yo soy tu sacrificio, tu amor y tu sangre.

En ese momento los rayos del sol iluminaron el cristal de cuarzo; sacaron de él un bello resplandor de color azul que rompió el hechizo, y un ave salió volando.

Blanca Luna y su hijo Saltíel regresaron al castillo. Por orden de la bella Blanca Luna, fueron libres los esclavos de su padre, y vivieron entre ellos como una gran familia.

El joven Saltíel fue muy feliz al unir su vida a una joven azteca llamada Itzel, que en su idioma nativo significa "lucero de la tarde". Todos fueron muy felices y esperaban el tiempo en que por fin se reunirían con Tonatiuh.

Mientras tanto, veían volar muy cerca una hermosa ave.

Desde entonces en un valle, cerca de la antigua ciudad de Tenochtitlán –con el nombre de Teotihuacán, estado de

Puebla, en México–, te esperan dos bellas pirámides. La más grande es conocida como la pirámide del sol, y la otra con el nombre de la luna. Recuerda siempre esta leyenda de amor.

EL REGALO DE CARLITOS

Hace unos años, escuché una historia que me pareció muy interesante; te la voy a contar.

Era una noche fría del veinticuatro de diciembre. Caía mucha nieve, como celebrando un gran acontecimiento. En una casa todos estaban muy felices: adornaban con luces de colores un arbolito de Navidad, envolvían unos regalos y preparaban una rica cena para compartir en familia la tan esperada fiesta. Así pasaban las horas; contaban anécdotas, chistes, y unos ya se adelantaban al brindis. La mesa ya lucía enriquecida de coloridos manjares. De un viejo reloj que colgaba de la pared, salieron doce sonoras campanadas para anunciar que había llegado la Navidad. Todos gritaron con júbilo y alegría: "¡feliz Navidad!" y, alzando sus copas, hicieron un brindis. Todos pidieron deseos entre risas y grandes abrazos. Entonces el jefe de la familia dijo:

—Es el momento de abrir los regalos.

Fue nombrando a uno por uno. Al nombrar al más pequeño de la familia, se percataron de que, en el árbol, faltaba su regalo. Entonces el padre preguntó:

—¿Dónde está el regalo de Carlitos?

Todos se soltaron riendo, y hubo alguien que dijo:

—De seguro él no quiso esperar hasta las doce.

El papá, sonriente, le dijo a su hijo mayor:

—Busca a ese sinvergüenza y tráelo de las orejas.

El muchacho, pensando que Carlitos ya estaría dormido, fue a buscarlo a su cuarto. Pero, al darse cuenta de que el niño no estaba en su cama, lo buscó por toda la casa y, asustado, regresó a la sala donde todos estaban festejando. Dijo:

—Papá, Carlitos no se encuentra en la casa. Ya lo busqué, y no está por ningún lado.

Entonces todos hicieron silencio y, después de unos segundos, sin pensarlo dos veces, salieron a buscar a Carlitos, pues era un niño pequeño de tan solo cuatro años. Preguntaron a los vecinos y a los familiares que vivían cerca, pero nadie les dio razón. Entonces la madre, muy preocupada ya, con lágrimas en los ojos dijo:

—¿Pero dónde puede estar? La noche es muy fría. ¿Qué pudo haberle pasado a mi hijo?

Una tía del niño recordó una plática que ella había tenido con Carlitos un día antes, y dijo:

—Ayer Carlitos me preguntó qué era la Navidad, y yo le expliqué que hace muchos años había nacido un niño en un pesebre, en un lugar llamado Belén, y que era Dios que había llegado a la tierra. Él se mostró muy interesado.

Entonces todos dijeron:

—¿Estará en la iglesia?

Pero la mamá dijo:

—Eso es imposible; la única iglesia de este pueblo está muy retirada, y Carlitos es muy pequeño. Además con esta temperatura tan fría, la verdad, no lo creo.

Siguieron buscando en las cercanías de la casa, pero las horas pasaban, y Carlitos no aparecía. Entonces dijo el papá:

—Ya hemos buscado por todos lados, y no aparece mi hijo. ¿Cómo pudimos descuidarlo?

La fiesta que prometía ser de alegría se convirtió en angustia. Ya pasadas las tres de la mañana, dijo el papá de Carlitos:

–Hemos buscado en todo este lugar. Iré hasta la iglesia, tal vez alguien me dé razón.

Pero todos dijeron:

–Iremos contigo; si nos quedamos aquí, nos volveremos locos –y así lo hicieron.

Cuando llegaron a la iglesia, no podían creer lo que sus ojos vieron. Allí estaba Carlitos, dormido junto al nacimiento del niño Jesús; y a los pies del niñito Dios, estaba el regalo de Carlitos. El papá lo despertó y le dijo:

–Hijo, ¿cómo pudiste hacernos esto? Estábamos muy angustiados, no sabíamos dónde estabas.

El niño despertó y, abrazando a su papá, le dijo:

–¡Papá, qué bueno que viniste! Yo caminé hasta aquí para traerle mi regalo al niño Jesús porque hoy es su cumpleaños. Pero, ¿por qué nadie le trajo regalos? El que yo le traje es el único regalo.

Entonces todos se arrodillaron para adorar al niño Jesús.

Muchas veces se nos olvida el verdadero significado de la Navidad. Carlitos, a sus cuatro años, le dio una lección a su familia. Desde entonces, en ese hogar, celebran el nacimiento del niño Jesús, aquel pequeñito que nació en un portal de Belén.

El arriero y el ladrón

Reflexión

Este era un humilde arriero que pasaba por un camino llevando pacas de zacate para venderlas en el pueblo y así llevar un poco de comida a su familia. En una ocasión ya venía de regreso. Hablaba consigo mismo y decía:

—Este día no fue muy bueno; me pagaron muy mal el zacate. Apenas pude comprar un poco de fruta y un poco de harina. Pero mejor no me quejo, algo es algo; mi familia tendrá un poco de comida.

Pero mientras platicaba solo, le salió en su camino un ladrón y le dijo:

—Dame todo lo que traigas.

El arriero le dijo:

—No traigo nada; solo vendí cuatro pacas de zacate y me gasté el dinero en comida para mi familia.

El ladrón le dijo:

—Entonces dame lo que compraste.

El arriero le dijo:

—No puedo darte la comida de mis hijos; mejor, retírate.

Pero el ladrón le quitó el morral que llevaba y se fue corriendo.

El arriero se quedó triste y, pensando en voz alta, dijo:

—Lo que dije, este no fue un buen día.

Así llego a su casa donde lo esperaban su esposa y sus hijos. Muy triste dijo:

–No traigo nada, un ladrón me quitó lo poco que traía.
Mañana llevaré otras pacas de zacate a ver si tengo más suerte.
Pero ese día el ladrón, al darse cuenta de que el arriero pasaba
con su burro cargado de zacate, lo esperó para quitarle su
comida. El arriero ya no sabía qué hacer para que el ladrón no
le quitara lo poco que él traía, pero a veces corría con suerte, y
no le salía al camino. Así pasó un tiempo: el arriero siempre se
cuidaba del ladrón, y el ladrón siempre trataba de quitarle lo
poco que el arriero tenía.

Un día el ladrón entró a robar a una casa y se llevó un cofre.
Pensó: "este cofre de seguro tiene muchas joyas y dinero. Seré
muy rico y entonces robaré solo para divertirme". Cuando llegó
a su casa, muy ansioso, abrió el cofre pensando que tendría suficiente dinero para vivir como un rico. Pero al abrirlo, se llevó
una desilusión, pues el cofre solo contenía recuerdos, papeles,
fotografías y unas joyas de fantasía. Maldiciendo su suerte, se
dijo: "¿pero qué es esto? Puros papeles y cosas sin valor. ¿Para
qué quiero esto?". Lleno de ira agarró el cofre a patadas y, al vol-
tearlo, salieron rodando dos piedras. Muy enojado dijo: "¿pero a
quién se le ocurre guardar piedras? Solo son recuerdos tontos".
Tomó las piedras, las arrojó lejos de sí y se dijo: "un día tendré
suerte y robaré tanto dinero que seré muy rico".

Mientras el ladrón ambicionaba ser rico quitándole el dinero
a los demás, el arriero solo deseaba trabajar honradamente para
llevar el sustento a su familia. Al pasar unos días, el ladrón se
acordó del arriero y, como sabía que siempre pasaba por ese
camino, fue a esperarlo para robarle lo poco que traía del pueblo. Cuando el arriero llegó, le dijo:

–Dame todo lo que traes.

El arriero, cansado de que siempre le quitara sus cosas, le dijo:

–¿Por qué no trabajas? Yo trabajo en el campo y lucho todos
los días para darle a mis hijos un pan. ¿Tú por qué así, tan
fácil, te quieres mantener? Esta vez no te daré nada.

Pero el ladrón le dijo:

—El trabajo no se hizo para mí. Un hombre como tú nunca tiene nada, y yo robando un día seré muy rico.

El arriero le dijo:

—Un ladrón solo tiene las maldiciones de la gente a quien roba, y su destino es la cárcel o que alguien le quite la vida. Esta vez no te daré la comida de mis hijos. Pero el ladrón le arrebató el morral. El arriero quiso defenderse y, tomando dos piedras del camino, quiso arrojárselas al ladrón. Pero este fue más rápido y se alejó corriendo con las cosas que el arriero había comprado en el pueblo.

Este, muy triste, se sentó desconsolado a la orilla del camino con las piedras en la mano y dijo:

—Gracias a Dios mi familia no se ha quedado sin comer, pero tengo miedo de que un día un ladrón me dé un mal golpe. Hoy arriesgué mi vida al enfrentarme con él. Mejor es que busque otro camino, y así no pondré en peligro mi vida.

Puso las piedras en la bolsa de su camisa, se montó en su burro y siguió su camino. Cuando llegó a su casa, le dijo a su mujer:

—Otra vez me asaltó el ladrón, ya no sé qué hacer. Solo cambiaré de camino a ver si no me encuentro con otro.

En ese momento su esposa lavaba la ropa y le dijo:

—No te preocupes, esa gente nunca tiene un buen final.

Él le dijo:

—Eso mismo le dije yo, pero no les importa con tal de hacer daño a los demás.

Ella le dijo:

—Hay agua tibia que se calentó con el sol. Báñate para que descanses y dame tu ropa para lavarla.

Él le dio la camisa, y ella le preguntó:

—¿Para qué quieres estas piedras?

El arriero le contestó:

—Quise defenderme del ladrón, pero él fue más rápido que yo, y no pude tirarle ninguna.

Entonces ella sacó las piedras y las puso a un lado. Uno de sus niños las tomó para jugar con ellas, pero el más pequeño también las quería y se puso a llorar. El papá les dijo:

—Para que no estén peleando, voy a tirar lejos esas piedras.

Se las quitó pero, cuando las tuvo en sus manos, vio que una de las piedras se había rayado contra la otra y que, de la raspadura, salía un brillo. Entonces las frotó y vio que la piedra brillaba ahí donde se había raspado. Dijo:

—Qué extraño; cuando vaya al pueblo, le preguntaré al herrero; él es un hombre sabio. —Y guardó las piedras.

Al otro día cargó su burro de zacate y llegó al pueblo llevando con él las piedras. Llegó con el herrero, se las mostró y le preguntó:

—¿Sabe usted por qué, al raspar estas piedras, brillan?

El herrero le dijo:

—No estoy seguro, pero parecen piedras finas. Llévalas con el artesano, él te dirá.

Y así lo hizo el arriero. Cuando el artesano vio las piedras, solo le dijo:

—Estas piedras necesitan ser pulidas. ¿Quieres que lo haga?

El arriero le preguntó:

—¿Cuánto me cobra? Porque no tengo mucho dinero.

El artesano le dijo:

—Te cobro muy poco. Déjamelas y regresa en una hora por ellas.

El arriero fue a vender el zacate y, cuando terminó de hacer sus compras, regresó.

El artesano le dijo:

—Ya tengo tus piedras pulidas, tómalas. —Y le puso en las manos dos hermosos diamantes que sacaban destellos con la luz del sol.

El ladrón jamás pensó que las piedras que había arrojado eran dos bellos diamantes, pero bien dicen que el que obra mal, mal le va. Terminó de mendigo en la calle pidiendo limosna mientras que el arriero seguía trabajando en el campo, pero en mejores condiciones. El artesano le compró uno de los diamantes con el que hizo una hermosa joya de mucho valor, y un extranjero la pagó a muy buen precio.

Y otra vez quedó comprobado que una persona que trabaja honradamente de Dios tendrá su recompensa y siempre será feliz. En cambio un malviviente nunca será feliz a costa del trabajo y del sacrificio de los demás.

Te recordaré por siempre

Homenaje

Ciudadano que, en la vida,
fuiste arquitecto de la ciencia,
has visto reír a un niño
con su envidiable inocencia.

Maestro (decir el nombre),
has cultivado las mentes
con gran cariño y cuidado
de tantos niños inocentes.

Tus pasos se quedarán
en los salones y pasillos.
Y en tu recuerdo llevarás
la bulla de esos diablillos.

Maestro, padre o amigo:
tu nombre queda en la historia.
Dejaste futuros maestros
como tu grande victoria.

Tu trabajo no fue en vano,
y siempre recuerda una flor.

Para muchos fuiste un padre,
y para otras, su primer amor.

Sabiduría compartiste
con tenacidad y empeño.
Y siempre llevaré en mi mente
que todo comienza con un sueño.

SONETO PARA MI MADRE

Plegaria

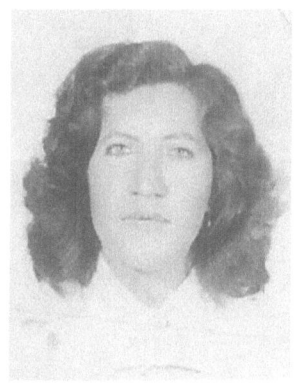

Tu cuerpo ya yace en un sepulcro,
y mi alegría en dolor se convirtió.
Mi corazón lleva una herida.
y mi alma con la tuya se elevó.

Ya no vivo desde el día en que te fuiste;
mis lágrimas riegan esta tierra;
y solo le pido a Dios
que las dos seamos más felices,
allá, en la vida eterna.

Una carta a San Nicolás

Reflexión

21 de diciembre de 1960

Querido San Nicolás:

Te escribo esta carta para decirte que hoy cumplo diez meses de estar en esta tierra. Estoy feliz, pero me siento muy sola. Como tú sabes, yo no tengo un papá, pues él se fue al cielo antes de que yo naciera. Tal vez no supo que yo llegaría y no me esperó para decirle cuánto lo quiero. Y por motivos que desconozco, hace un mes mi mamá se fue de la casa. Estoy al cuidado de mi tía y mi abuela y, aunque soy muy chiquita, sé que pronto será Navidad. Yo no te pido un juguete ni te pido que caiga nieve. Solo quiero que me traigas, si puedes, un rayito de sol para que en la noche, cuando despierte, no tenga miedo ni frío. Si tú me cumplieras mi gran deseo, yo te prometo que lo guardaré muy bien para que no se vaya de mi lado. Será mi fuerza y mi valor para caminar por la vida.

Al llegar la Navidad, desperté y pensé que estaba soñando. Mi cuarto estaba iluminado aunque las ventanas estaban cerradas y, juntito a mi cama, había una pequeña lamparita solar que me alumbraba. Muy contenta la tomé entre mis manos, y no tan solo me trajo un rayito de sol; también había un payasito de trapo vestido de muchos colores. Ahora, cuando me siento triste, solo le pido al sol que no se apague el rayito que San Nicolás me trajo, y que no se le borre la sonrisa a mi payasito. Ellos me han acompañado en mi vida: me alumbro con mi rayito de sol, y mi payasito me da un poquito de su alegría.

Y tú, mi amigo, no olvides nunca tus bellos momentos y recuerda que los sueños, por grandes que sean, no tienen precio, pues la vida te los regala. Solo debes guardarlos muy bien como yo los he guardado.

El fantasma del piano

Fantasía

En una noche fría del mes de febrero del año 1974, una bella melodía sonaba como el murmullo de un sueño. Yo tenía catorce años y todos los días escuchaba —o tal vez soñaba— bellas notas que salían de un viejo piano. Al principio pensaba que en realidad había sido un sueño, o tal vez sí lo fue. Lo cierto es que, al despertar, yo me acercaba al viejo piano y, sorprendentemente, este estaba abierto como si alguien hubiera estado sentado frente a él. En el ambiente de ese lugar, podía percibirse un perfume varonil y una suave luz muy extraña. Pero pensaba que solo había sido un descuido mío y el encanto de un bello sueño; entonces cerraba el piano.

Sin embargo, al día siguiente volví a escuchar notas que salían de aquel viejo piano. No tenía miedo y quise investigar quién era el gracioso que se ponía a jugar con el piano y de paso conmigo. Decidí quedarme a montar guardia en la sala. Pero ya avanzada la noche, el sueño se apoderó de mí y me quedé dormida. Entonces empecé a escuchar nuevamente esas suaves notas; eran tan bellas que simplemente no deseaba despertar. Así pues, dejé que ese misterioso fantasma hiciera de las suyas con ese viejo piano, aunque me preguntaba y aún me sigo preguntando:

¿Quién sería el que tocaba aquel viejo piano?

¿Sería mi padre, que volvía del más allá?

¿O tal vez eran mis deseos de que él volviera?

La realidad es que, al salir nuevamente el sol en mi mente, sonaban aquellas bellas notas que se habían adueñado de mis sueños.

Casi por un año escuché con frecuencia al fantasma del piano. Cada vez con diferentes notas, pero siempre igual de hermosas. Un día, al despertar, fui corriendo hacia el viejo piano. Era un día especial: brillaba como si la suave brisa que entraba por la ventana pusiera en el ambiente delicada escarcha. En mi mente solo estaban aquellas bellas notas, ya convertidas en una bella melodía que me había regalado el misterioso fantasma del piano. Te juro que ese fue mi único regalo cuando yo cumplí mis quince años, pero que se quedó por siempre en mi mente.

Hoy pensé que el tiempo no se detiene, y que tal vez en unos años mi mente no sea muy clara. Por eso hoy escribo un sueño, un vals, un poema, una fantasía y un dulce recuerdo. Si algún día escuchas la música de este poema, sabrás que yo tenía razón, aunque quizá para entonces yo sea la dueña de un interminable sueño y este vals sea para ti.

Sueños y fantasía

Escarcha bajo tus pies

Fantasía

Feliz momento celebremos
y festejemos tu día especial.
Hoy se ha cumplido tu hermoso sueño,
y sobre escarcha tú bailaras.

Dame tu mano a mí,
baila conmigo este vals.
Te dejarás llevar
por bellas notas y un compás.

Y como un sueño así
de una princesa tú tendrás
mañana al despertar
hermosa rosa tú serás.

Bailando sobre suave escarcha
te miro a ti disfrutar este vals
y, como la brillante escarcha
que adorna el momento, igual brillarás.

Bailando sobre suave escarcha
te miro a ti disfrutar este vals

y, como la brillante escarcha
que adorna el momento, igual brillarás.

Con bellas flores adornaremos
tu hermoso pelo de tornasol;
y con perfume de todas ellas
esperaremos la luz del sol.

Hermosos sueños son
los que este día tú tendrás.
Hermosa te verán,
y de un bello cuento tú saldrás.

Siempre yo guardaré
como un recuerdo especial
que un día yo bailé
con mi princesa este vals.

Bailando sobre suave escarcha
te miro a ti disfrutar este vals
y, como la brillante escarcha
que adorna el momento, igual brillarás.

Bailando sobre suave escarcha
te miro a ti disfrutar este vals
y, como la brillante escarcha
que adorna el momento, igual brillarás.

La historia de una abejita

Reflexión

Un día un niño le dijo a su mamá:

—Mamá, ¿puedes leerme un cuento?

La mamá le contestó:

—Ahora no, estoy muy ocupada.

El niño se fue a su cuarto; más tarde volvió y volvió a preguntarle:

—Mamá, ¿ya puedes leerme un cuento?

La mamá le dijo:

—Estoy muy ocupada; ve a tu cuarto y mira la televisión.

El niño se fue a su cuarto, pero no a ver televisión. Se puso a pensar qué iba a hacer para que su mamá lo escuchara. Se asomó y la vio sentada en el sofá de la sala. Fue hasta ella y le preguntó:

—Mamá, ¿ahora sí puedes leerme un cuento?

La mamá le contestó:

—Hoy no, estoy muy cansada.

—Mamá, yo vi en la televisión que una mamá estaba muy cansada, y su niño le leía un cuento. ¿Tú quieres que yo te lea un cuento?

—Pero que no sea muy largo, porque tengo muchas cosas que hacer todavía.

El niño fue corriendo a su cuarto y trajo un pequeño libro.

—¡Mira, mamá, esta es la historia de una abejita! Ella trabajaba y trabajaba, buscaba cera y hacía sus casitas. Luego salía a buscar miel de las flores, llenaba sus casitas y trabajaba mucho.

Un día salió en busca de miel, pero no volvió. Pasó un día, y otro, y no volvía. Un día regresó y encontró que su casa estaba vacía y que su familia ya no estaba. Se puso a llorar y dijo:
—Mi familia se fue. Se olvidaron de mí, dejaron de quererme.
Entonces llegó otra abejita y le preguntó:
—Abejita, ¿por qué lloras?
La abejita le contestó:
—Yo salí a buscar miel y encontré un campo lleno de flores y de aroma. Me entretuve y, ahora que vuelvo, ya no está mi familia, y la casa está vacía. Se olvidaron de mí, dejaron de quererme.
La otra abejita le dijo:
—Yo vivía en esta casa. Pertenezco a tu familia y siempre vengo para ver si tú volviste. ¡¡Y hoy volviste, volviste, te encontré!!
La abejita le preguntó:
—¿Y dónde están las demás, dejaron de quererme? ¿Se olvidaron de mí?
La otra abejita le dijo:
—Mira, jamás nos olvidamos de ti ni dejamos de quererte. Cuando tú te fuiste y vimos que pasaban los días y no volvías, todas salimos a buscarte. Ven conmigo; encontramos un campo lleno de flores con miel y mucho aroma. Ahí tú podrás, si quieres, quedarte a dormir en una flor. Todas estaremos al pendiente de ti y, cuando despiertes, estarás cerca de casa.
Al ver ese campo lleno de flores y aromas, la abejita dijo:
—¡Me gusta, me gusta! Ya nunca me alejaré de la casa.
Todas hicieron una gran fiesta y fueron muy felices.

El niño le preguntó a su mamá:
—Mamá, ¿te gustó la historia?

La mamá lo abrazó y le dijo:

—Hijo, tú nunca te alejes de la casa, porque detrás de ti iré yo.

El niño le dijo:

—Y tú, mamá, nunca me dejes solo, de vez en cuando escúchame, te quiero mucho.

Se abrazaron, y esta historia unió a una madre con su hijo para siempre.

¿Culpable o inocente?

Empezaré diciendo que esta historia fue hecha basada en libros muy antiguos, hechos que pasaron desde el principio de la vida cuando solo existía el planeta Tierra y un astro llamado sol. Hace aproximadamente siete millones de años, apareció un planeta llamado Tierra, que era alumbrado por un astro llamado sol. La Tierra tenía grandes cantidades de agua, y dice la historia que una extraña fuerza hizo que el calor del sol penetrara hasta sus entrañas. Como resultado salieron a la superficie dos niños.

Estos estaban dotados de grandes virtudes y tenían mucho poder. Uno de ellos, de nombre Yavé, y el otro, de nombre Abacú, crecían. Con su enorme poder, uno de ellos, Yavé, hacía figuritas de barro y les daba vida solo con un soplidito. El otro también tenía mucho poder, pero era perezoso y pensó que, con el poder que tenía, destruiría todo lo que Yavé hiciera; así, él se divertiría. Yavé le decía que él también se pusiera a trabajar; con el poder que ellos tenían, harían de esa tierra un hermoso lugar y, en poco tiempo, sería un bello paraíso. Pero el tiempo iba pasando, y Abacú no cambiaba su modo de pensar. Mientras Yavé con sus manos hacía cosas bellas —aves con hermosos trinos, flores perfumadas de bellos colores—, Abacú solo pensaba en destruir, y era en vano todo lo que Yavé le decía.

Un día le dijo a Yavé:

—Aquí debe haber uno que sea más poderoso, y será el que reine en este lugar. Las cosas que tú haces no son de mi agrado, por eso las destruyo.

Pero Yavé no le hizo caso; siguió con sus ideas y con un solo propósito: hacer de esa tierra un paraíso. Le dijo:

—Yo haré cosas bellas y un día haré seres vivos a mi imagen, que sean muy semejantes a mí. Pero antes voy a preparar un bello lugar donde vivan y sean muy felices.

Abacú se rio de él y le dijo:

—Yo destruiré a todos tus seres vivos, les pondré maldad y también terminaré con todo tu paraíso.

Yavé le contestó:

—Tengo el poder y lo haré si es necesario. Si tú te atreves a destruir a mis seres vivos y a mi paraíso, como mala semilla serás arrojado al fuego. Y a mis seres vivos les daré el poder para que venzan tus malas tentaciones, porque serán míos.

Abacú se alejó furioso, diciendo a gritos que toda la creación de Yavé sería destruida por él y que él haría grandes cosas en nombre de Yavé. Y que, ante los ojos de todos sus seres vivos, Yavé aparecería como el autor de grandes catástrofes y las calificaría como castigos por parte de su creador. Además le dijo:

—Mi nombre será tan limpio ante ellos que ni siquiera lo conocerán.

Agregó que un día sería él quien reinaría, y que todos los seres vivos se pondrían de rodillas ante él para adorarlo. Y se alejó, convirtiéndose desde entonces en el mayor enemigo de Yavé.

Mientras Abacú se mantenía alejado, Yavé seguía con su trabajo: hacer de la tierra un bello paraíso, y un cielo lleno de estrellas brillantes que la alumbrara cuando el sol se ocultaba. Así pues, después de haber terminado de crear todo el universo, cumplió lo dicho: hizo una figura de barro muy semejante a él y le dio vida con un soplidito. Le dio un espíritu fuerte, que dividió en tres partes, y le dijo:

—Una parte estará en tu cuerpo, y las otras dos caminarán junto a ti para prevenirte de algún peligro. Y tendrás un alma; ella será tu reflejo. Si tú eres feliz, ella también lo será, y tú serás él único viviente que tenga pensamientos claros. Tú harás que te obedezcan todos los animalitos del mar y de la tierra. —Y le dio por nombre Edén.

Edén crecía y aprendía a tener dominio sobre los animalitos mientras jugaba con ellos y disfrutaba del bello paraíso. Diez años después, Yavé pensó que aquel ser que había hecho semejante a él no podía permanecer solo, que necesitaba alguien que lo acompañara. Buscó entre los animalitos, pero no encontró ninguno que se le pareciera. Entonces lo hizo caer en un profundo sueño y sacó de su cuerpo una de sus costillas, con la cual moldeó una figura muy parecida a él. Le dijo:

—Ella será quien te acompañe. Vivirán en este paraíso que yo hice para ustedes. Cuando ella crezca, ustedes se multiplicarán y llenarán toda esta tierra. Disfruten de este paraíso que yo hice con mucho amor.

A ella le dio el nombre de Ave y, antes de retirarse, les dijo:

—Hay un árbol; de su fruta no coman, pues todavía está verde. Yo les indicaré en qué momento será dulce. Los dejo para que vivan felices.

Y así, mientras Edén cuidaba de Ave, los dos juntos descubrían cosas maravillosas que había en el paraíso: fruta de varios sabores, bellas flores con delicados perfumes, manantiales de aguas cristalinas. Los dos crecían como si fueran las mismas plantas, las mismas flores.

Quince años después de haber sido formada la hermosa Ave, cuidada por Edén como si fuera su propio cuerpo, nació su primer hijo. Ellos se preguntaban:

—¿Y él cómo se llamará?

Pero el niño pronto comenzó a querer hablar y dar sus primeros pasos. Un día llegó llorando y le dijo a Ave:

—¡¡Caí!! ¡¡Caí!!

Ave le dijo a Edén:

—¡Mira, Edén, él dice que se llama Caín!

Y así lo llamaron Caín.

Ellos disfrutaban de los manjares que había en el paraíso y de la belleza de ese lugar. Eran muy felices; la fruta no les faltaba y tenían grandes hojas de papiro que les servían como vestiduras para cubrirse. Eran las mismas hojas que fueron usadas en otras generaciones como pergaminos donde quedaron registrados importantes escritos pues, al secarse, eran muy fuertes y duraderas. Eran muy felices.

Un año después nació otro niño, y también se preguntaron:

—¿Y él cómo se llamará?

Pero, igual que el primero, pronto comenzó a querer hablar. Era un niño muy curioso, todo quería saber y preguntaba diciendo: "¿A vel?". Entonces se dijeron: "¡¡este se llama Abel!!".

Y así lo llamaron Abel.

La alegría reinaba en el paraíso cuando algo inesperado sucedió. Ave se acercó al árbol del cual les habían dicho que no comieran el fruto, porque aún estaba verde, y de repente escuchó una voz que le decía: "Ave, prueba ese fruto, es dulce".

Ella no sabía ni quién le hablaba, pues en ese lugar solo vivían Edén, ella y sus dos pequeños hijos. Volvió a escuchar la voz que le decía: "Ave, prueba ese fruto, es muy dulce". Ella se asustó y cayó desmayada. Cuando Edén la encontró, se asustó de verla tirada. En ese momento vio un fruto mordido del árbol y pensó que había sido ella. De pronto también escuchó una voz muy fuerte que le decía: "comieron del fruto prohibido, están expulsados de mi paraíso". Ellos ignoraban la existencia de otro ser semejante a ellos. Abacú, el enemigo, tomando el lugar de Yavé, les ordenaba que salieran del paraíso. Edén tomó a Ave y a sus dos pequeños hijos; se fueron del paraíso pensando que habían desobedecido y que su creador los había castigado.

Llegaron a vivir con sus dos niños a un desierto donde carecían de todo, pues solo se alimentaban de tallos y raíces de las pocas plantas que allí había. Entonces Edén y Ave renegaron de su creador, ya que pensaban que había sido él quien los había expulsado del paraíso.

Abacú, aprovechándose de esa confusión, un día se acercó a Caín y le dijo: "yo soy enviado por Yavé, tu creador. Dice que, si no quieres morir en este lugar junto con tus padres, tienes que demostrar tu valor: debes sacrificar a tu hermano, así tú y tus padres regresarán al paraíso. Por Abel no te preocupes, pues su espíritu y su alma estarán con él, y ustedes vivirán muy felices en el paraíso". Caín solo contaba con diez años; al pensar en sus padres y con la seguridad de que su hermano iba a estar mejor al lado de su creador, con mucho dolor, pero sabiendo que era una prueba de lealtad, obedeció y le quitó la vida a su hermano, que solo contaba con nueve años. Y el supuesto enviado se alejó entre carcajadas.

Caín, al darse cuenta de lo que había hecho y de que había sido engañado, también se quitó la vida en el mismo lugar.

Cuando Edén y Ave encontraron a sus dos niños sin vida, con mucha tristeza y dolor —y sin saber ni comprender lo que allí había pasado—, también murieron en poco tiempo. Así el enemigo de Yavé logró destruir a los primeros seres que él había creado. Cuando en espíritu llegaron a la presencia de su creador, supieron que él nunca los había expulsado del paraíso, pues ellos eran sus hijos adorados.

Abacú estaba feliz y así lo demostraba diciéndole a Yavé, entre gritos de júbilo y carcajadas:

—Aquí yo soy el más poderoso y el único que tiene fuerza y poder.

Yavé, muy enojado con Abacú por lo que había hecho, hizo uso de su gran poder. Llevó a su enemigo a un lugar muy alejado del paraíso y allí le dijo:

—Este lugar será prendido en llamas, y tú arderás en ese fuego.

Y así, como mala semilla, estuvo en ese fuego por tres días y tres noches. Allí Abacú perdió una parte de su poder.

Yavé, con mucha tristeza por lo que había sucedido pero sin rendirse ante la maldad de su enemigo, pensó en hacer nuevamente seres a su imagen y semejanza que habitaran la tierra, así que se puso a trabajar. Esta vez hizo que los rayos del sol calentaran las entrañas de la tierra, pero en la profundidad del mar, y esto tuvo muy buenos resultados. Del agua salió una nueva generación: dos niños y dos hermosas niñas. El creador también les dio un espíritu fuerte que dividió en tres partes: una para el cuerpo y dos que caminarían junto a ellos. Así, cuando el cuerpo descansa, las otras dos partes velan y se cuidan a sí mismas de los peligros.

Pasaba el tiempo, y Yavé estaba feliz sabiendo que su nueva creación se estaba multiplicando. La historia cuenta que eran aproximadamente mil habitantes. Cierto día un hombre llamado Noé tuvo un sueño; había una fuerte lluvia con mucho viento que se convertía en un huracán y que terminaba con toda la creación. Asustado les dijo a todos lo que en su sueño había visto. Dijo que hicieran arcas y que salieran de ese lugar, pero la gente ni lo escuchaba, pues lo creían loco. Él se puso a trabajar: hizo un arca con trozos de madera, y los que pasaban le decían:

—Noé, ¿te volviste loco? ¿O es que quieres usar esa arca para ponerte a pescar?

Él les decía:

—Los que quieran salvarse que hagan lo mismo que yo.

Noé le daba los últimos arreglos a su arca cuando en ese momento comenzó la lluvia. Dijo:

–Los que quieran pueden venir conmigo.

Pero pocos le hicieron caso. En ese momento entraron en el arca de Noé su familia y los pocos que lo siguieron; un total de veintisiete personas.

La lluvia se hacía más fuerte, el viento era cada vez más implacable, y Noé tuvo que cerrar las puertas del arca. Muchos quisieron entrar en ella, pero el viento ya era muy fuerte y el arca ya no tenía espacio. Así se alejó de ese lugar, y los que se quedaron murieron a causa de ese diluvio. Abacú nuevamente había destruido a los seres que Yavé había creado y lo había dejado como el único responsable. Abacú lo calificó ante la gente como castigo por parte de su creador.

Yavé, esta vez muy enojado con Abacú por lo que había hecho con sus hijos, tomó una gran decisión. Tomó una cadena y ató una parte del espíritu de Abacú (pues para entonces, él ya había perdido su cuerpo; solo era un espíritu, pero aún muy fuerte) y le dijo:

–Estarás encadenado por todos los siglos. Serás tan feo y maloliente que darás asco y miedo. Arrojarás fuego por la boca y vivirás en tinieblas. –Y lo dejó encadenado; solo dos partes de su espíritu quedaron libres, pero una de ellas, la más pequeña, era limpia y le pidió ayuda a Yavé para separarse y poder ser libre; pues ella, por no obedecer a las partes malas, también era torturada. Así pues a Abacú le fue arrancada esa partecita limpia y le quedó una sola parte libre, pero con mucha maldad.

En ese diluvio, la gente perdió la vida y quedaron como sobrevivientes solo los animales. Estos, con el poder impuesto por Abacú, crecieron sin control y se convirtieron en los famosos dinosaurios. Por su gran tamaño, terminaron con toda la vegetación –tal como Abacú deseaba– y todos murieron después por falta de alimento.

Abacú pensó que había triunfado; que Yavé estaba derrotado, y que al fin él sería libre y el único que reinara en la tierra. Pero se había olvidado de Noé quien, muy lejos de ese lugar, veía multiplicarse a la gente que se había llevado en su arca; pues se dice que desembarcó en una isla.

Así pues, Abacú sigue tratando de destruir las cosas bonitas que nuestro creador hace. Convierte a algunos hombres en falsos profetas, quienes dejan escritos falsos mensajes de parte del creador, y ha logrado que muchos hombres estén de su parte. Les hace falsas promesas de poder y riqueza y, por obedecer sus mandatos, cada día le dan más fuerza al enemigo de nuestro creador. Yavé, por su parte, a través del tiempo, ha enviado a sus mejores profetas para que recibamos enseñanzas del gran amor que él nos tiene. Ellos llegaron en nombre de Yavé para representarlo. La historia registra veinticuatro profetas tales como Abraham, Daniel, Moisés, David, Jacob, por mencionar algunos de ellos. Pero de una manera o de otra, todos han sido sacrificados. No debe olvidarse que Abacú nunca se dio a conocer, y que todo lo que ha hecho y hace es en nombre de Yavé y en nombre de los santos y ángeles más queridos por Yavé, por ser los más buenos y limpios. Por ejemplo, el día que Moisés fue sacrificado mientras oraba en una ermita, el enemigo hipnotizó a los dos ángeles más buenos: el ángel Miguel y el ángel Luz Fernando. Miguel había recibido la orden de poner el cuerpo de Moisés en un sepulcro, mientras que Luz Fernando –a quien, de cariño, llamaban Luz y Fer– recibió la orden de poner el cuerpo de Moisés en la plaza para ser exhibido. Entonces Miguel hirió de muerte a Luz y Fer; este fue llevado hasta donde estaba la imagen de una serpiente (que representaba al enemigo), y ahí fue curado. Abacú quería que la gente viera con sus propios ojos lo poderoso que era y así cumplir su gran deseo de verla de rodillas adorándolo a él.

Muchos ángeles de nuestro creador han sido culpados de malos actos que Abacú ha hecho. Quedaron escritos los nombres de algunos de ellos quienes ahora, en las grandes escrituras, aparecen como espíritus del mal.

Nuestro creador tanto nos ama que, por último, envió a su hijo Jesús, quien traía con él una parte del espíritu santo de nuestro propio padre. Él también fue sacrificado sobre la base de viejas escrituras de falsos profetas que decían que, por voluntad de su padre, debía morir en una cruz. También fue perturbado por el enemigo y obligado a permanecer en ayuno cuarenta días y cuarenta noches solo en el desierto.

Todo fue obra de Abacú, el enemigo; pues no debemos olvidar que nuestro creador es todo amor; que él nunca enviaría a un hijo para ser sacrificado, y que jamás haría una creación para después destruirla. Esta creación debe saber que solo existen dos caminos: el que lleva a la muerte y a las tinieblas, y el otro, que lleva a la luz y a la vida eterna.

Un amigo inteligente

Este era un pueblo con pocos habitantes, alejado de la ciudad; en él vivía un hombre solitario muy extraño. Un día alguien tocó a su puerta; él abrió y preguntó:

–¿Qué se le ofrece?

Esa persona le contestó:

–Yo soy tu vecino; paso por aquí, y tú siempre estas encerrado. Te invito a mi casa para platicar y tomarnos un café.

Pero él le contestó:

–No, gracias.

Y cerró la puerta.

Al día siguiente, el vecino volvió a tocarle la puerta. El hombre solo contestó desde adentro y preguntó:

–¿Quién es?

El vecino le dijo:

–Soy tu amigo, ábreme la puerta. ¿Por qué no sales? Te invito a mi casa.

Pero el hombre, desde el interior de la casa, le contestó:

–Gracias, pero así me siento bien.

Y así pasaron los días; el vecino siempre regresaba para hacerle una invitación a su casa, pero no tenía éxito.

Un día el vecino vio salir al hombre y se le ocurrió una idea. Después de pensarlo un poco, dijo: "¡ya sé qué voy a hacer para que acepte una invitación a mi casa! Aprovecharé que él no está. Voy a tirar su casa, y así no podrá negarse a ir a la mía".

Y así lo hizo.

Cuando el hombre volvió su casa, esta estaba destruida, y ahí estaba su amigo. Muy asombrado, preguntó:

—¿Qué pasó aquí?

El amigo le contestó:

—Te vengo haciendo una invitación a mi casa desde hace tiempo, y tú te niegas. Por eso se me ocurrió tirar tu casa; ahora no podrás negarte.

El hombre, muy molesto, le preguntó:

—¿Pero por qué tiraste mi casa?

El amigo le contestó:

—Para que aceptes una invitación a la mía.

El hombre le dijo:

—¿Cómo se te ocurre que, después de lo que hiciste, yo voy a aceptar una invitación a tu casa?

El amigo le contestó:

—Ahora no podrás negarte. Ya no tienes casa, y hoy te ofrezco la mía.

El hombre, muy enojado, le dijo:

—No puedo aceptar esa invitación, tú tiraste mi casa.

Pero el amigo le dijo:

—En la única casa donde serás bien recibido aquí, es en la mía.

Mientras discutía y le reprochaba al vecino lo que había hecho con su casa, el hombre caminaba hacia la del vecino. Cuando llegaron, este le dijo:

—Entra, esta es tu casa.

El hombre le volvió a preguntar:

—¿Por qué tiraste mi casa?

El vecino le dijo:

—Cálmate y siéntate, yo te voy a explicar. Yo tiré tu casa porque me di cuenta de que allí había muerto algo muy importante y que tú también te estabas dejando morir.

El hombre le contestó:

—No te entiendo, ¿de qué hablas?

El vecino le dijo:

—En esa casa había muerto lo más grande que hay en la vida, había muerto el amor. Por eso decidí tirar tu casa: para enterrar con ella ese amor con todos sus malos recuerdos. En ese lugar yo te ayudaré a construir otra casa donde entre más luz; y así, cuando llegue a ella un nuevo amor, tú serás muy feliz.

El hombre le dijo:

—¿Tú tiraste mi casa para sacarme a mí de una depresión que me estaba matando? De veras eres un amigo muy bueno e inteligente. Tienes razón; los amores que se mueren hay que enterrarlos con todos sus malos recuerdos. Así, cuando un nuevo amor llegue, será lleno de luz, y yo volveré a ser feliz.

El vecino se rio y le dijo:

—Yo sabía que entenderías. Ya sabes que aquí, en esta casa, siempre serás bien recibido. Y espero que, de hoy en adelante, no desprecies una invitación.

El hombre le dijo:

—¿Tú crees que voy a arriesgarme a que me dejes otra vez en la calle?

Los dos se rieron y juntos comenzaron a trabajar para levantar una nueva casa. Así fue como un hombre inteligente tuvo la suerte de sacar de la depresión a un buen amigo.

Un hombre en el desierto

Reflexión

Un hombre caminaba por el desierto. Estaba cansado, había caminado varios días y estaba muerto de hambre y de sed. En su camino se encontró con un hombre y le dijo:

—Buen hombre, estoy cansado, tengo hambre y sed; dame algo de lo que traigas.

El hombre se detuvo y le dijo:

—Toma… Dos mordiditas de pan.

Él preguntó:

—¿Solo dos mordiditas?

El otro hombre contestó:

—Sí, solo dos; porque yo tengo que seguir caminando y también necesito comida.

Pero el hombre le contestó:

—Dos mordiditas no me sirven, mejor sigue tu camino.

Más adelante se encontró con otro hombre y le dijo:

—Buen hombre, tengo hambre y mucha sed. ¿Me puedes regalar algo de comer y de tomar?

El hombre se detuvo y le dijo:

—Toma… Dos traguitos de agua.

Él preguntó:

—¿Solo dos traguitos?

El otro hombre le contestó:

—Sí, solo dos, porque todavía me falta mucho por caminar, y yo también necesito agua para seguir mi camino.

Él le contestó:

—Dos traguitos no me sirven, sigue tu camino.

Y siguió caminando y pensando que más adelante encontraría a alguien que le diera pan y agua hasta saciar su hambre y su sed.

Más adelante, a lo lejos, vio a otro hombre que se acercaba y pensó: "este sí me dará pan y agua hasta saciar esta hambre y esta sed".

Cuando se encontraron, le dijo:

—Buen hombre, tengo hambre y mucha sed. Ya caminé mucho y estoy muy cansado. Dame de comer y dame agua, porque tengo mucha sed.

El hombre se detuvo y le dijo:

—Lo siento, las últimas dos mordiditas de pan y los últimos dos traguitos de agua que me quedaban se los acabo de dar a otro hombre que me encontré. Lo siento, de verdad lo siento.

Y siguió su camino.

El hombre que había aceptado las dos mordiditas de pan y los dos traguitos de agua salvó su vida. En cambio, el hombre que no había aceptado lo poco que le ofrecían murió en el desierto. Porque dos mordiditas de pan y dos traguitos de agua dados por nuestro padre Jesús son salvación y vida eterna.

Un par de sandalias para dos

Reflexión

Este era un hombre que caminaba por un camino sin rumbo fijo ni dirección. Un día se encontró con un hombre llamado Pedro, y este le preguntó:

—Amigo, ¿adónde vas?

Él le contestó:

—No tengo un lugar a donde ir; solo camino y camino. Perdí mi vida, y ahora no sé adónde voy.

Pedro se dio cuenta de que el camino por donde el otro caminaba no era el camino correcto, y que se dirigía a un lugar frío y obscuro. Le dijo:

—Ese camino no es el camino correcto, ¡detente!

Y agregó:

—Mira, yo también perdí mi vida. Aunque cuando la tenía, sabía cuál era el buen camino, nunca caminé por él. Ahora que perdí mi vida y se me da una segunda oportunidad, yo caminaré por el buen camino —le dijo—. Ven conmigo, sígueme ahora. Aunque lento, muy lento, los dos llegaremos al lugar donde está la luz.

El hombre le contestó:

—Yo también en la vida supe del buen camino, pero nunca me importó. Ahora digo ¿para qué?

Pedro le dijo:

—Amigo, no seas tonto. Es más difícil caminar por este camino, pero es el único que te lleva a la luz y a la vida eterna.

El hombre le contestó:

—Yo no quiero seguirte, estoy muy cansado. Además tú tienes un par de sandalias, y yo no. Dame tus sandalias y tal vez te siga.

Pedro le dijo:

—Mira, no puedo darte mis sandalias, pero puedo hacer algo por ti. Te ofrezco una de mis sandalias; así los dos llegaremos con un pie bien y el otro un poco lastimado, pero llegaremos.

El otro insistió:

—Si no me das el par, no pienso seguirte.

Pedro le dijo:

—Si yo te doy el par de mis sandalias, Dios no me perdonará que llegue con los pies lastimados cuando tengo un par de sandalias. Pero te ofrezco una, aunque arriesgue uno de mis pies. Así los dos llegaremos con un pie bien y el otro un poco lastimado.

El hombre le dijo:

—Si tú quieres ayudarme, dame el par; si no, no me molestes y sigue tu camino. Yo seguiré por el mío a ver si me encuentro con alguien que de veras quiera ayudarme y me ofrezca el par de sus sandalias.

Pedro lo miró y, con una sonrisa, le dijo:

—Mira, amigo, un día mi padre me dijo: "Pedro, es bueno ayudar a quien lo necesita, pero no al grado de sacrificarte". Si tú no agradeces lo poco que te ofrezco, entonces sigue pues tu camino. Aunque lento y cansado, yo un día llegaré adonde la vida continúa con hermosos rayos de luz. Tú no seas tonto; acepta la ayuda que te ofrezcan, aunque esta sea muy poca.

El hombre que camina por el buen camino un día llegará y tendrá vida eterna. En cambio el hombre que se queda esperando que alguien le brinde más ayuda a él, llegará a la segunda muerte. Porque el mal camino solo lo llevará a la muerte, a la tristeza y a la obscuridad.

Buscando amor

Fantasía

Un león que caminaba por la selva se puso a pensar: "nosotros necesitamos un amo que nos quiera y nos cuide. Voy a reunir a todos los animalitos del bosque y les preguntaré si están de acuerdo. Así lo hizo; reunió a todos los animalitos que vivían en el bosque y les dijo: "nosotros necesitamos a alguien que nos dé cariño y cuidado, y tener un amo a quien querer y cuidar". Todos estuvieron de acuerdo, así que salieron a buscar. En el camino encontraron a un hombre y le dijeron:

—Buen hombre, nosotros necesitamos un amo que nos quiera y nos cuide, y nosotros necesitamos tener a alguien a quien querer y cuidar. ¿Tú quieres ser nuestro amo?

El hombre les contestó:

—Yo estoy muy viejo y no puedo hacerme cargo de eso.

Y siguió su camino.

Los animalitos estaban cansados de tanto caminar y caminar sin encontrar a nadie. Ya muy caída la tarde, después de mucho buscar, se encontraron con un niño y le dijeron:

—Nosotros estamos buscando un amo que nos dé cariño y cuidado. —Y le preguntaron—: Niño, ¿quieres ser nuestro amo?

El niño les contestó:

—¿Yo? Soy muy niño, el cariño y el cuidado lo necesito yo.

Entonces todos los animalitos brincaron de alegría y dijeron:

—¡¡Sí, nosotros tenemos eso que tú quieres!! Nosotros te daremos cariño y cuidado. Te enseñaremos nuestro lenguaje y, si te vemos en peligro, te ayudaremos. Y si tú nos ves en peligro, nos alejarás del camino. Recibirás cariño y cuidado de nuestra parte, y nos darás cariño y cuidado a nosotros.

El niño se llenó de alegría, pues él también estaba necesitado de cariño. Así que, junto con los animalitos, vivieron en el bosque muy felices.

Un día hasta ese lugar, llegó un anciano; el mismo hombre al que un día le habían ofrecido cariño y cuidado, el mismo a quien le habían pedido que fuera el amo. Solo que estaba más viejo y cansado. Se acercó al joven y le dijo:

—Muchacho, soy un anciano y necesito un poco de cariño y cuidado.

El joven lo miró y le dijo:

—Pero usted es el mismo hombre al que un día le ofrecieron ese cariño y ese cuidado que ahora está pidiendo, y usted lo rechazó.

El anciano le dijo:

—No pensé entonces que el amor fuera tan importante. Pero ahora, que soy un viejo, me doy cuenta de su importancia. Solo les pido un poquito de cariño.

El joven pensó: "un día yo también seré un viejo y necesitaré cariño y cuidados". Entonces le dijo al anciano:

—Ven conmigo, apóyate en mi brazo. Te llevaré a presentarte con todos los animalitos del bosque. Vivirás con nosotros, y recibirás cariño y cuidado. Pero cuando un animalito se acerque a ti, tú también le darás tu cariño.

El anciano aceptó y vivió sus últimos días rodeado de cariño.

El joven le pidió a Dios que a ese lugar llegara alguien más joven, para que, cuando él fuera un anciano, tuviera a alguien que le diera cariño y lo cuidara.

Y sucedió un milagro. A ese lugar llegó una tribu; él les enseñó a vivir en el bosque y a cuidar a los animalitos, y todos fueron muy felices. Él vivió rodeado de cariño, porque en esa tribu había hombres, mujeres y niños, y todos le dieron mucho amor y cuidados. Esta historia nos enseña la importancia que tiene el amor.

LA PRIMAVERA

Fantasía

Soy el campo
y feliz me sentiré;
mañana es primavera
y de colores me vestiré.

Mis niñas bailarán,
pues de colores estarán;
las aves cantaran con alegría
cantos dulces y bellas melodías.

Me dice mi pequeña niña,
y se mira muy feliz:
"mañana feliz yo bailaré;
hoy feliz me siento,
porque mañana
flor de primavera seré".

Dos buenas amigas

Reflexión

La pobreza y la riqueza
en la vida se encontraron
y, como grandes amigas,
sus tristezas se contaron.

La pobreza le mostraba
el lugar donde vivía,
y angustiada le contaba
todo lo que padecía.

Le dijo: "mira, mi amiga,
este lugar es tan grande,
y estar aquí es muy difícil:
mi gente se muere de hambre".

Elegante y distinguida,
la riqueza la escuchaba
viendo los grandes problemas
que su amiga le mostraba.

A su paso se encontraron
a dos pequeños jugando

y, con su dulce inocencia,
su sonrisa les brindaron.

Le dijo "aunque no lo creas,
en el lugar donde me encuentro,
el dinero no ha comprado
tan hermoso sentimiento.

Tu gente aquí es muy feliz
con lo poquito que tiene
en cambio, donde me encuentro,
cuanto más tienen, más quieren.

Te digo, con gran envidia:
tu gente, tomada de las manos,
en el tiempo más difícil,
todos se ven como hermanos.

Tu gente tiene valores
que no compran los metales.
Es el amor entre los tuyos;
entre los míos, son valores materiales".

Dinero...
que deslumbras con tu brillo,
compra el cariño, si puedes,
y la sonrisa de un niño.

El ángel de la luz

Fantasía

Una noche tuve un sueño
que a ti te voy a contar.
Tenía yo mucho miedo,
pues todo era obscuridad.

"Al cielo voy –dijo un ángel–,
a traer luz celestial
un blanco rayo de luna
para poderte alumbrar.

Y también le pediré
a la estrella más bonita
me preste su resplandor
para alumbrar tu carita".

En mis sueños, yo lo miro
que se sienta junto a mí;
en sus manos tiene una estrella
que me alumbra y me hace feliz.

Me voy a dormir muy temprano,
y trataré de intentar ver

a aquel ángel de mis sueños
que luces me fue a traer.

Yo miro por la ventana
la blanca luz de la luna;
y mi ángel, desde el cielo,
con una estrella me alumbra.

Desde entonces, desde el cielo,
la luna me da su luz,
y mi cara se ilumina
cuando miro el cielo azul.

LAS RUINAS DE UN PALACIO

Fantasía

Te voy a contar una historia que pasó en el palacio de un rey.

Era el rey más rico entre todos los reyes: tenía finas vestiduras de seda, joyas valiosas con diamantes y piedras preciosas. Tenía a los más fieles criados a su servicio, y estos obedecían sin voltear a verlo, pues todos le temían. El rey muchas veces era cruel e injusto; los hacía trabajar largas jornadas y les pagaba un miserable sueldo. También humillaba a la reina, su esposa, y le reprochaba el no compartir sus ideas, pues ella era todo lo contrario. Cuando todos se retiraban de la mesa, después de la comida o la cena, la reina les decía a las criadas:

–Tomen toda la comida que sobró y llévensela a sus hijos, compártanla entre ustedes.

Pero un día el rey le dijo:

–Los criados no deben comer de nuestros manjares.

La reina le contestó:

–Es la comida que sobró; si no se la comen ellos, será arrojada a los puercos.

El rey le dijo:

–Pues yo prefiero que sean los puercos quienes la aprovechen. Los sirvientes no merecen la comida fina –y agregó–; que eso no se vuelva a repetir.

Pero la reina no pensaba de la misma manera y les seguía repartiendo la comida que sobraba en la mesa. El rey, muy enfadado por lo que la reina hacía, tomó la más cruel de las decisiones. Ordenó que la encerraran en una celda de castigo, según él, por desobediente. Reunió a todos los criados y les dijo:

—La reina está en una celda de castigo. Quiero que la cuiden y, si les pide de comer, le den solo pan y agua hasta que yo les ordene otra cosa.

Cuando la gente de la realeza preguntaban por ella, el rey les decía: "la reina se encuentra un poco indispuesta y no desea salir de sus habitaciones".

El rey y la reina tenían dos hijos: la princesa Yesenia, de catorce años, y el príncipe Felipe, de doce. Ellos estaban muy tristes por la situación que en el palacio se vivía. Pasaban los días, y el rey no se compadecía de la reina.

Un día hasta él llegó uno de los criados y le dijo:

—Señor, la reina no desea tomar alimentos, y la veo muy desmejorada. Por favor, tenga compasión de ella. Señor, yo me ofrezco para ocupar esa celda y que la reina obtenga su libertad.

Pero el rey ordenó darle de azotes y encerrarlo en una celda de castigo, por insolente y por meterse en sus asuntos.

El príncipe y la princesa querían mucho a su padre, pero le temían. Adoraban a su madre y no sabían qué hacer para liberarla. Pero un día vieron que su padre había tomado mucho y estaba completamente ebrio. Yesenia llamó a su hermano y le dijo:

—Felipe, tengo una idea. Mi padre en un momento se quedará dormido, y quiero que me ayudes; tenemos que liberar a nuestra madre. Cuando mi padre se quede dormido, tú te acercas y le quitas las llaves. Yo sacaré a nuestra madre, y nos iremos del palacio con ella.

Felipe preguntó:

—¿A dónde iremos?

La princesa le contestó:

—Al palacio del abuelo. Allí mi madre estará a salvo pues, si pasa otro día más en esa celda, ella morirá.

Y así lo hicieron. En cuanto vieron que el rey estaba completamente dormido, Felipe se acercó a él, tomó las llaves, se las entregó a Yesenia y le dijo:

—Yo cuidaré de que mi padre no despierte, y tú sacarás de esa celda de castigo a nuestra madre.

Antes de dirigirse a la celda, la princesa Yesenia le ordenó a uno de los criados que tuviera listo un carruaje. Fue a la celda donde se encontraba la reina para ponerla en libertad y, de paso, liberó a otros dos criados que también estaban en castigo. Llevó a su madre al carruaje; después regresó por Felipe y les dijo a los criados:

—Cuando mi padre despierte, ustedes tampoco estarán aquí, pues en el palacio de mi abuelo tendrán un lugar donde serán tratados con respeto y consideración.

Cuando el rey despertó y comenzó a llamar a los criados, nadie estaba. Fue a la celda donde estaba la reina y la encontró vacía. Corrió a las habitaciones de sus hijos, pero tampoco los encontró.

En la habitación de Yesenia, encontró una nota que decía: "Padre: si un día cambias tu modo de ser y nos amas, búscanos. Se despide de ti tu hija Yesenia".

La reina, la princesa, el príncipe y los criados estaban libres y muy felices en el palacio del abuelo, donde todos eran bien tratados. Pero no perdían la esperanza de que el rey un día cambiara su modo de ser y, por amor, los buscara. Pero el rey, por su parte, dijo:

—¿Yo, pedir perdón? Eso nunca lo haré; yo soy un rey, y jamás me verán humillado.

Al verse abandonado, tomó la peor de las decisiones. Fue tanto su orgullo que prefirió quitarse la vida; prefirió la muerte antes que ser un hombre bondadoso y justo.

Así, el orgullo y la soberbia dejaron en ruinas un bello palacio.

LAS DIEZ EXPLICACIONES DE SABIDURÍA

Reflexión

Las diez explicaciones más importantes que un ser humano debe entender para ser feliz y muy sabio son las siguientes:

LA PRIMERA: Dios.
Es el ser más poderoso, limpio, y al único al que se le rinde adoración, pues nosotros somos parte de su creación.

LA SEGUNDA: El demonio.
Es el ser más malo, es la fuerza negativa y maligna; por lo tanto debemos mantenernos muy alejados de él y de sus mandatos.

LA TERCERA: El amor.
Es alegría, confianza y respeto.

LA CUARTA: El odio.
Es angustia, tristeza y soledad.

LA QUINTA: La venganza.
Es tristeza, angustia, y no te da ninguna satisfacción. Al contrario: al querer castigar a tu enemigo, muchas veces resultará que haces algo peor que él.

LA SEXTA: La verdad.
Es tranquilidad, paz y alegría para tu alma.

LA SÉPTIMA: La mentira.
Es miedo, inquietud e intranquilidad.

LA OCTAVA: El cuerpo.
Es el templo en donde se encuentra tu alma, y merece mucho respeto.

LA NOVENA: Los hijos.
Son la salvación de tu alma. Ayúdalos a comprender la vida; dales lo que necesitan, mas nunca les des todo lo que quieran. Quiérelos mucho y guíalos por un buen camino.

LA DECIMA: La vida.
Es lo más valioso que un ser humano tiene, pues es un regalo dado por Dios. Cuida mucho tu vida y agradécele a Dios por ella cada día.

EL CABALLERO Y LA ROSA

Fantasía

Nunca pensé que a mi puerta
llegara, con una flor,
el príncipe de los sueños
y me ofreciera su amor.

Yo me sentí una princesa
como en los cuentos de hadas,
con sueños blancos y rosas
como niña enamorada.

Me dijo: "toma esta rosa
que en el camino corté,
pues la corté con cariño
solo pensando en usted".

No sabía qué decirle.
pero la rosa acepté.
Me dijo: "vengo de lejos,
qué suerte que te encontré".

Era un caballero extraño,
todo vestido de azul;

con sonrisa muy bonita,
tenía destellos de luz.

Me dijo: "tal vez no lo creas,
pero siempre te busqué:
cuando tenías quince años,
de ti yo me enamoré".

Yo lo miraba extrañada,
y con la flor en mi mano.
Pues yo poco comprendía
de lo que estaba pasando.

Le dije: "yo no recuerdo
si algún día lo he mirado.
¿Será que soy distraída?
¿O usted se ha equivocado?".

Me dijo: "tú eres la niña
de quien yo me enamoré;
quizá pasaron los años,
pero nunca te olvidé.

Solo quiero que me digas
si soy digno de tu amor;
si me dices que me amas,
solo conserva esa flor.

Yo vengo desde muy lejos,
de donde está el Creador,
allí descansan las almas
que sí alcanzaron perdón".

Y le hice una promesa
mientras que él me miraba:

que guardaría esa rosa
aunque el tiempo la secara.

Cuando la muerte me llegue,
espero sea en hora buena,
para estar cerca de Dios
juntos en la vida eterna.

Otro día, por la mañana,
no me lo van a creer
estaba junto a mi cama
la rosa, la que yo soñé.

CAMPANITAS DE CRISTAL

Amor

Yo escuché, desde el cielo,
campanitas de cristal
pensé que estaba soñando
pero era aviso celestial.

El día más feliz de mi vida
fue cuando supe de ti,
pues en mi vientre latías:
ese fue el día más feliz.

El regalo más bonito de Dios
fuiste tú, hijo querido;
le doy gracias a mi padre
pues fue el regalo más lindo.

Los nueve meses que esperé
con gran amor tu llegada
veía la vida más linda
cuando tu carita adivinaba.

Cuando a mi vida llegaste.
fue la llegada más linda;

pues trajiste desde el cielo
esperanza y luz a mi vida.

CARTAS SECRETAS

Hoy quiero compartir una historia contigo.

Hace unos años me contaron una historia que ahora escribo en estas páginas.

Es la historia de Rosalba y Elvira, dos adolescentes llenas de ilusiones que compartían sueños e inquietudes. Rosalba, de trece años, y Elvira de catorce, eran muy felices. Cierto día Elvira llegó hasta donde se encontraba su amiga y le dijo:

—Rosalba, quiero contarte algo: hoy mis padres me dijeron que es su deseo que yo sea educada en un colegio de monjas y que les encantaría que un día yo tome los hábitos para convertirme en una monjita.

Rosalba le dijo:

—Eso no, amiga; nosotras tenemos otra clase de sueños, como tener novio, y algún día casarnos y llegar a ser mamás. Tú no deseas ser monjita, ¿verdad?

Elvira le contestó:

—No, pero tú sabes que mis padres son muy estrictos. Si no los obedezco, me castigarán, así que tengo que obedecer. En una semana ingresaré al colegio y, en un año, estaré preparada para entrar al convento.

Y, con lágrimas en los ojos, le dijo a su amiga:

—Rosi, quiero que me escribas y, cuando puedas, me visites. Yo te contaré por carta cómo me siento siendo una religiosa.

Rosalba le dijo:

—Elvira, todavía estás a tiempo. Amiga, no te vayas, voy a extrañarte mucho.

Elvira la abrazó y le dijo:

—Yo también voy a extrañarte, pediré a Dios por ti. Pero tú también pídele a Dios que ese lugar sea mi felicidad.

Y así se despidieron y se desearon mucha suerte.

Un año después, Rosalba recibió la primera carta de su amiga, la cual decía:

> Querida amiga:
>
> Te escribo esta carta para saludarte; deseo que te encuentres muy bien de salud en compañía de tu familia. Después de mis saludos, te digo lo siguiente:
>
> Amiga, te escribo para comunicarte que hoy me notificaron que, dentro de tres días, saldré de este colegio para ingresar al convento. A ti puedo decírtelo porque eres mi amiga. Tengo mucho miedo; no sé lo que en ese lugar me espera. Te escribo esta carta solo para comunicarte mis temores, pero eso no se lo digas a nadie; no quiero que mis padres se molesten conmigo. Cuando me contestes, no me hables de esta carta, solo cuéntame de ti. ¿Qué has hecho en este año que hemos estado lejos? Contéstame pronto, te extraño mucho.
>
> Se despide tu amiga que tanto te quiere.
>
> *Elvira*

Rosalba al principio sintió mucho gusto pero, al saber que su amiga no estaba muy contenta, se puso triste. Pensó que, si ella le contestaba, su amiga se pondría muy contenta, pero sucedió algo mejor: en esos días su papá iba a hacer un viaje a la ciudad. Entonces ella le dijo:

—Papá, me gustaría ir contigo a la ciudad y visitar a mi amiga Elvira.

El papá le dijo:

—Si deseas acompañarme, arregla tus cosas que salimos muy temprano.

Y así lo hicieron. Cuando llegaron al convento, Rosalba pidió ver a su amiga y se llevó una sorpresa cuando apareció una muchacha de vestido blanco, con su pelo cubierto con un velo también blanco. Le dijo:

—¿Pero tú eres Elvira?

Ella le contestó, dándose una vuelta:

—¡Sí, mírame, soy Elvira! No esperaba esta sorpresa.

Se abrazaron con gran alegría, y Elvira le dijo:

—Me da mucho gusto que hayas venido. Acompáñame al jardín, y allí me cuentas de ti.

Rosalba le dijo:

—Sí, amiga, tengo algo que contarte. ¿Te acuerdas de Ricardo, el hijo del panadero?

Elvira le dijo:

—Claro que me acuerdo.

—¡Pues somos novios!

Elvira le dijo:

—Pero eres muy joven para tener novio, apenas tienes catorce años. ¿No crees que deberías esperar un poco para eso?

Rosalba le dijo:

—Bueno, somos novios, pero no pensamos casarnos ahora. Ya le dije que nos casaremos cuando los dos terminemos los estudios y tengamos terminada una carrera; y para eso falta muchísimo.

Elvira le dijo:

—Rosi, solo cuídate. Espero que Ricardo sea un buen muchacho y que de veras te quiera; no me gustaría saber que tú no eres feliz.

Rosalba le dijo:

–Sí, tendré cuidado. Pero cuéntame: ¿cómo estás tú? Elvira le contestó:

–Yo estoy bien, ya me está gustando; no es tan feo este lugar como pensé. Por un año seré novicia, aquí canto y bailo para agradar a Dios. Estoy aprendiendo a cocinar y me encanta preparar postres. No te preocupes por mí; yo pienso que mis padres no se equivocaron y que esta es mi verdadera vocación.

Rosalba le dijo:

–Pues me da gusto que ya te sientas mejor, tus temores me tenían un poco preocupada. Me voy más contenta sabiendo que tú estás bien. Escríbeme y, cuando tenga otra oportunidad, vendré a visitarte.

Se despidieron con un fuerte abrazo, y Elvira le dijo:

–Rosi, no te olvides de contestar mis cartas, y que Dios vaya contigo.

Ese día compartieron un par de horas sus alegrías y sus sueños como las mejores amigas que eran.

Pasaba el tiempo; Rosalba estudiaba y se convertía en una señorita llena de sueños. Al cumplir sus quince años, solo la entristecía la ausencia de su amiga Elvira. Mientras tanto, Elvira cumplía un noviciado. Al pensar que Rosalba estaba celebrando su fiesta de quince años, le escribió una carta que decía:

Querida amiga:

Te escribo esta carta para saludarte y desearte muchas felicidades; que todos tus sueños se conviertan en una hermosa realidad. También quiero comunicarte que ayer se terminó mi noviciado y fui consagrada como una monjita. Hoy cambiaré mi hábito. Te cuento, fue hermoso: yo vestida de blanco con una corona de flores en una hermosa ceremonia con una lluvia de pétalos de rosas. Fue algo que jamás pensé.

Rosi, soy muy feliz. Hoy mi hábito será gris, y cubriré mi pelo con un velo blanco; y sobre el velo blanco, llevaré un velo gris.

Contesta pronto mi carta y cuéntame cómo estuvo tu fiesta de quince años. Me habría gustado mucho estar contigo, pero tú sabes que eso no me es permitido. Saludos a tu familia, y es cuanto te dice tu amiga.

Sor Elvira

Una semana después, Rosalba se disponía a contestar la carta de su amiga Elvira para contarle los detalles de su fiesta y felicitarla por la hermosa ceremonia que en su carta le contaba.

Pero en ese momento llegó el cartero y le entregó una carta. Ella se sorprendió muchísimo al ver que era de su amiga Elvira, pues ella todavía no le había contestado su carta. Con gran ansiedad la abrió pensando que tal vez algo le había ocurrido a su amiga, y no estaba muy equivocada. La carta decía:

Querida amiga:

Te doy mis saludos y mis bendiciones. Te escribo esta carta solo para decirte que mi primera semana de haber cambiado mis hábitos, como voltear una moneda, también cambió mi vida. Como novicia, yo tenía algunos privilegios que se me fueron retirados. Por ejemplo, podía postrarme en un cómodo reclinatorio pero, desde hace cuatro días, tengo que hacer mis oraciones postrada en el piso y, por primera vez, tuve que hacer ayuno hasta muy tarde; sentía que me desmayaba de hambre. Me dieron muchas obligaciones, y tengo miedo de no poder con ellas. También hoy accidentalmente se me derramó la leche y me dieron de castigo –o más bien de penitencia– limpiar los zapatos de todas mis compañeras, y son muchas. Ya estaba muy cansada y me sentí humillada.

Rosi, estoy muy triste; de esta carta no le comentes a nadie, porque ahora mi correspondencia es supervisada por la madre superiora. No me gustaría que me llamen la atención y que me prohíban la comunicación contigo. Solo escríbeme y cuéntame de ti. Yo estoy bien, pero tengo un poco de miedo. Pide a Dios por mí y de mi parte recibe mis bendiciones y mi cariño. Se despide tu amiga que tanto te quiere.

Sor Elvira

Rosalba, muy pensativa por las cosas que le contaba su amiga, contestó su carta. Pero sabiendo que su correspondencia era supervisada, solo le contó de su fiesta y le dijo que, para cualquier cosa, contara con ella y que siempre sería su amiga.

Y así por medio de cartas, unas más cortas que otras, seguía la amistad de Rosalba y sor Elvira.

Cuatro años después, Rosalba se casó y formó un hogar. Mientras tanto sor Elvira, desde el convento, con cartas muy secretas, le contaba su vida. Cierto día Rosalba recibió una carta desde el convento y con mucho gusto la abrió, ansiosa de saber lo que su amiga le diría en ella. La carta decía:

Querida amiga:

Te mando en esta carta mis saludos, que Dios bendiga tu hogar y tu familia. Después de mis saludos, te digo lo siguiente:

Rosi, te escribo para decirte que nunca me había sentido tan triste como hoy, pues pienso que no es justo lo que en este lugar se vive; jamás me imaginé que yo pasaría por situaciones así.

Hace unos días, la madre superiora me hizo muchas preguntas. Me preguntó si alguna vez había yo tenido deseos de estar con un hombre, y yo le contesté que no. Ella me dijo que yo mentía, que todas alguna vez habían sentido esos deseos de estar con un hombre, y fui obligada por ella a golpear mi cuerpo. Me entregó una cinta de cuero con muchas grapas que hicieron sangrar mi cuerpo. Ella dice que el cuerpo debe ser castigado para limpiar los pecados y evitar los malos pensamientos. Rosalba, a veces siento que esto no lo voy a aguantar, pero también pienso que el camino hacia Dios no es fácil y que debo hacer un sacrificio.

Rosi, tú sabes que de estas cartas nadie debe enterarse; solo ruega por mí y no dejes de escribirme. Solo a ti puedo contarte estas cosas. Contéstame, tus cartas me dan mucha alegría y me dan fuerza porque sé que tú eres feliz. Te quiero mucho, y es cuanto te dice tu amiga.

Sor Elvira

Rosalba, muy preocupada por la suerte de su amiga, viajó a la ciudad para visitarla. Llegó al convento y pidió ver a Elvira. Cuando se encontraron, se abrazaron y, entre lágrimas de alegría, le dijo Elvira:

—¡Rosalba! No esperaba esta sorpresa, me da mucho gusto que hayas venido. Rosi, solo me permitieron quince minutos, háblame de ti. Supe que te casaste. Cuéntame, ¿cómo estás?

Rosalba le dijo:

—Tengo una niña, le puse tu nombre y soy feliz. Pero tú me tienes muy preocupada, amiga; esta situación no puede continuar. Yo pienso que Dios no desea esa clase de sacrificios, Elvira… Perdón, sor Elvira, es que todavía no me acostumbro a llamarte así.

Elvira le dijo:

—Tú puedes llamarme solo Elvira.

Rosalba le dijo:

—Amiga, solo vine a pedirte que te escapes de este convento. Tú tendrás mi ayuda y la de mi esposo, con nosotros tendrás una familia.

Pero Elvira le dijo:

—No, Rosi, creo que es demasiado tarde, y con las cosas de Dios no se juega. Voy a estar bien; esta semana no tuve ningún castigo y, si no tengo castigos, estoy bien. Tendré mucho cuidado, no debí preocuparte, pero sí te confieso que me dio mucho miedo. Tal vez solo sean pruebas, estar aquí no es muy fácil. De veras, no te preocupes. Me dio gusto que hayas venido; salúdame a Ricardo y dale un beso a tu niña; me siento muy contenta de que lleve mi nombre.

Se despidieron no sin antes escuchar las palabras de Rosalba, que le decía:

—Piensa bien lo que te dije. Yo siempre seré tu amiga y, si puedo, pronto volveré a visitarte para saber de ti; pero no dejes de escribirme.

Un año después de aquel encuentro, Rosalba recibió una carta de su amiga Elvira desde el convento, que decía:

Querida amiga:

Te doy mis saludos, que estés en paz en compañía de tu apreciable familia. Después de mis sinceros saludos, te digo lo siguiente:

Rosi, te escribo esta carta con un gran dolor en mi alma. A ti te lo puedo contar porque sé que eres mi amiga y estas cartas son nuestro secreto. Tengo una pena muy grande. Te escribo desde una celda de castigo; es un cuarto obscuro donde apenas se filtra un pequeño rayo de sol o de luna. Tengo dos semanas solo a pan y agua, y tengo miedo de perder mi vida. Te contaré los motivos de esto:

Hace unos días, entró al convento una niña que apenas comenzaba su año de noviciado. La vi tan contenta que, por un momento, me vi en ella cuando yo llegué a este lugar y creía que aquí había encontrado mi vocación y que sería muy feliz. Tuve la oportunidad de que ella me acompañara a entregar unos pastelillos. Ya en la calle, hablé con ella y le dije que esta vida en un convento es muy difícil, que no era como ella creía; que después de una hermosa ceremonia de consagración, entre pétalos y corona de flores, lo que le esperaba eran amarguras. Le dije: "muchacha, escapa, vete de este convento; tú todavía estás a tiempo. Yo recibiré un castigo, pero tú serás libre. Puedes servir a Dios sin tener que encerrarte en estas cuatro paredes". Pero ella me dijo que yo le decía eso solo por egoísmo y me acusó con la madre superiora. Fui torturada por ella y por otras compañeras que son muy allegadas a la madre superiora, y aquí estoy encerrada en una celda fría y obscura. A veces se les olvida que estoy aquí, y no recibo ni agua. Tal vez aquí termine mi vida, pero trataré de que esta carta llegue a tus manos.

Rosalba, te pido un favor: no vengas; de esta carta solo sabremos tú y yo. Por el momento, no me escribas. Si de esta celda salgo con vida, yo me comunicaré contigo; y si te llega la noticia de que tu amiga perdió la vida, solo te pido una oración y que nunca olvides cuánto te quise. Se despide tu amiga.

Sor Elvira

Rosalba, muy angustiada pero sin poder hacer nada por su amiga, solo esperaba alguna noticia. Así pasaron seis largos meses, cuando un día el cartero le entregó una carta. Ella, temerosa, la abrió con mucha ansiedad. Esa carta decía:

Querida amiga:

La paz del Señor esté contigo y con tu familia. Te escribo para darte una noticia, pero primero quiero pedirte que ya no te preocupes.

Salí de la celda de castigo después de casi un mes. Estaba muy débil pero, gracias a Dios, estoy bien. Cuando creí que ya no amanecería con vida, ocurrió un verdadero milagro. Vino al convento un señor que es cardenal; pidió que le mostraran este lugar y entonces me sacaron de la celda, para que ese señor no se diera cuenta lo que aquí está pasando. Al otro día, nos reunieron a todas, y él nos hizo algunas preguntas. Venía en busca de religiosas que tuvieran algún estudio de enfermería o de primeros auxilios porque estaban construyendo un hospital, y quería monjitas que tuvieran capacidades para cuidar enfermos. Yo tuve la suerte de haber estudiado enfermería antes de entrar a este convento y, sin pensarlo dos veces, me ofrecí. La madre superiora ya no pudo hacer nada para evitarlo. Hoy te comunico que voy a servir de enfermera en el hospital, y para eso tengo que irme a otra ciudad.

Rosi, estoy feliz; al fin se terminó mi sufrimiento. Aunque voy a otro convento, mi vida será mucho mejor. Seré útil y pasaré la mayor parte del día o de la noche en el hospital. Seré más libre: podré escribirte sin esconderme, y tú podrás visitarme cuando quieras. Ahora sé que Dios siempre nos escucha cuando le hablamos con el corazón. Ya no me escribas a este convento. Pronto tendrás noticias mías. Dale mis saludos a Ricardo y un beso a Elvirita; y es cuanto te dice tu amiga.

Sor Elvira

Y así Rosalba y sor Elvira siguieron teniendo esa linda amistad. Sor Elvira era más feliz y le daba gracias a Dios por haber podido compartir con una amiga sus secretos. Sin embargo, pensaba en cuántos secretos se quedarían encerrados en un convento, o en una celda de castigo.

Rosalba, por su parte, tenía una vida tranquila; cuidaba de sus hijos, pues Dios la bendijo con dos lindas niñas y tres hermosos niños.

Pero pasaron los años y, de una vieja caja de recuerdos y secretos, salió esta historia que hoy comparto contigo.

UN PRENDEDOR PARA TI

Homenaje

Esta flor...
te la mando con un paje.
Con él te mando mil gracias,
hermosa rosa salvaje.

Para ti es el amor
de los pobres que te adoran;
y jamás olvidaremos
que los ricos también lloran.

Para ti son estos versos
y pensarás que ni riman.
Son hechos con gran cariño,
bella y dulce colorina.

Con un rayito de luna,
voy a hacerte un prendedor:
con dos versos de un poema
y esta delicada flor.

La mariposa encantada

Fantasía

Era una mañana del mes de marzo, el primer día cuando la primavera empieza; cuando las flores comienzan a florecer y los campos reverdecen. Una niña de pelo rubio como hilos de oro caminaba por el campo, encantada de ver cómo los pétalos de las flores se abrían para darle a la primavera su color y su belleza. Bailaba entre las flores como una bella mariposa. Cuando el sol se ocultaba, volvía de aquel verde campo a una pequeña cabaña, donde su abuelo con gran amor la esperaba y le decía:

—Hermosa flor de los campos, ya tienes que descansar. Aquí hay un poco de leche, también hay pan y rica miel que saqué hoy del colmenar. Mañana los verdes campos lindas flores te darán y, como bella mariposa, entre ellas bailarás.

Mientras la niña descansaba, su abuelo, con gran cariño, con su violín le tocaba una bella melodía que sus sueños endulzaba. Desde muy pequeñita, ella había vivido al lado de su abuelo, pues sus padres habían perdido la vida en un fatal accidente, y él desde entonces se había hecho cargo de la pequeña niña. Los dos eran muy felices; antes de ir a dormir, miraban las estrellas, y el abuelo le decía:

—Mira, mi pequeña flor, ¿ves aquella estrella?

—¿Cuál, abuelo? ¿Aquella que más brilla?

—¡¡Sí, mi niña, la que más te gusta!! Esa es tu papá, y la que está junto a ella, la que tú dices que brilla de colores, esa es tu mamá. Ellos velan por ti y a mí me piden que te cuide; que, cuando estés en el campo, te vigile desde aquí. Yo te cuido todo el día; a veces me escondo atrás de un matorral, y tú crees que estás solita, mas yo te miro entre las flores como una mariposa bailar. Allá cuando los años pesen, y al cielo me vaya yo, voy a pedirte que nunca dejes de bailar. Entonces yo también seré una de las estrellas y, desde lo alto del cielo azul también te voy a cuidar.

La niña lo escuchaba y le decía:

—Abuelo, yo no quiero que tú te vayas al cielo. Yo quiero que estés aquí; en el cielo ya hay muchas estrellas, yo te necesito aquí.

Los años iban pasando y la hermosa niña iba creciendo. Platicaba con las flores y, entre perfumes, ella vivía. La felicidad era de ella, y decía con alegría:

—La reina del campo soy, y también de las mariposas. En el campo soy muy feliz, y el amor que mi abuelo me tiene es el mejor regalo que Dios me dio.

Pero un día que regresaba del campo a su abuelo enfermo encontró; él le dijo:

—Hermosa flor de alegría, estoy preparando un viaje y tengo que ir yo solo. Te pido que no me extrañes. Quiero que seas siempre feliz, pues yo nunca te dejaré. Pronto verás en el cielo una nueva estrella. No dudes que soy yo que, desde el cielo, vigilaré tus pasos, y siempre serás feliz.

La niña no comprendió en ese momento lo que quería decirle su abuelo. Lo abrazó, con un beso se despidió y le dijo:

—Hasta mañana, abuelo; estás tan cansado como yo. Descansa.

Se fue a dormir, y todavía esa noche, una bella melodía de su violín escuchó.

Al otro día, muy tempranito para darle los buenos días, la niña a su abuelo buscó, y pálido dormido ya lo encontró. A su lado estaba su violín, y en su mano tenía una flor. Con una leve sonrisa y sin vida, ya lo encontró. Ella lo cubrió de flores y verdes ramas de olivo, y dándole un beso en la frente con tristeza ella le dijo:

—Abuelo, la nueva estrella que esta noche yo miraré, seguro que eres tú; pero sin tu cariño, yo también pronto contigo estaré.

La niña estaba muy triste; ya ni el campo ni las flores le daban alegría. Los días pasaban, y ella casi se moría de tristeza. Pero un día vio a su abuelo en un sueño; él tocaba con su violín una bella melodía y le dijo:

—¡Mírame, estoy aquí! Te dije que jamás te dejaría. Solo que mi tiempo en la tierra se terminó, pero entre tú y yo hay un pacto: siempre yo te cuidaré, pero tú siempre me darás alegría. Tu campo y las flores te esperan. Mi gotita de miel, trata de ser feliz.

Pero la niña seguía con su tristeza; nada le daba alegría, y así pasaban los días.

Cierta mañana hasta su puerta, llegó una hermosa mariposa con alas muy grandes de color azul, que le dijo:

—Hermosa niña, quiero que tú te hagas cargo de los campos y de las flores. Yo sé que ahí tú serás muy feliz. Hoy recibí la noticia de que tengo que partir al campo, y los sueños debo velar desde ahí. Aquí te entrego mis alas, que tanto me sirvieron a mí.

Y ahí la niña una promesa cumplió: en una bella mariposa, la niña se convirtió. Vive feliz en el campo entre perfumes de flor, alumbrada de bellas estrellas y entre los rayos del sol. Esa hermosa mariposa en los campos es muy feliz: de noche duerme entre las flores y de día baila en el jardín. Las estrellas, desde el cielo, la cuidan con mucho amor y el abuelo cumple una promesa: la de cuidar a su bella flor.

Los ojos del jardinero

Reflexión

En el año 1960, en una hacienda de un poblado veracruzano en México, Ramiro, un hombre joven de tan solo diecinueve años, honrado y trabajador, fue empleado por el hombre más rico de ese lugar como cuidador de caballos y ganado. En su tiempo libre, también cuidaba de las rosas del jardín, y estaba muy contento con su trabajo. Cierto día una mujer muy hermosa que pasó junto a él, con ojos grandes y negros, pelo rizado y piel acanelada, le dirigió una mirada. Él se sintió cautivado por esa mujer tan bella. Ramiro era un hombre humilde pero muy atractivo, de piel clara, pelo castaño y ojos verdes. Él no sabía que esa mujer tan hermosa, llamada Dalia, era la hija del patrón, y se propuso conquistarla. Pronto fue correspondido, y su amor fue creciendo. Cuando Ramiro le propuso que fuera su esposa, ella le contestó:

—Es hermoso lo que me propones, pero mi padre jamás lo permitiría. Tú eres un peón de la hacienda, y yo soy su única hija.

Pero Ramiro le dijo:

—El amor que siento por ti es tan grande que, si tu padre me niega tu mano, me convertiré en ladrón, y tú vendrás conmigo.

Ella se rio y le dijo:

—Ramiro, no estés jugando, mi padre te mataría.

Llegó el día en que Ramiro aprovechó un momento en que el dueño de la hacienda se encontraba en la casa. Se dirigió a él y a su esposa para pedir formalmente la mano de Dalia; pero el rico hacendado, sin pensarlo dos veces, le dijo:

—Mira, Ramiro como mi sirviente te considero uno de los mejores; pero nunca aceptaría lo que me pides. ¿Qué puedes ofrecerle a mi hija?

Él le dijo:

—Estoy muy enamorado de Dalia, y conmigo será muy feliz.

El rico hacendado, sin ninguna consideración, le dijo:

—Desde hoy estás despedido de esta hacienda; ya no tienes nada que hacer.

Así Ramiro salió de ese lugar pero, sin darse por vencido, tres días después se acercó a la hacienda en busca de la hermosa Dalia, quien se encontraba en el jardín. Le habló, y ella corrió a su encuentro. Entonces él le dijo:

—Te dije que me convertiría en un ladrón; vine por ti.

Ella, sin pensarlo y llena de ilusiones, se fue con él. Llegaron a una casita muy humilde pero donde la recibieron con gran cariño. Allí Dalia y Ramiro eran muy felices viviendo el amor más limpio. Pero seis meses después, el rico hacendado llegó hasta ese lugar y, usando toda su fuerza y poder, arrancó a Dalia de los brazos de Ramiro, y dejó a este golpeado y malherido.

Unos días después, Ramiro quiso recuperar al gran amor de su vida, pero los peones de la hacienda le informaron que se habían llevado a Dalia a otro lugar y que no sabían adónde; tal vez al extranjero.

Ramiro por tiempo buscó a Dalia, pero no tuvo éxito. Así pasaron veinte años. Un día él se fue de su pueblo en busca de una vida mejor; fue a una ciudad de nombre Reynosa, en el estado de Tamaulipas. Allí se encontró con una ciudad donde la vida cada día se le hacía más difícil; buscaba trabajo, pero no encontraba. Un día, caminando por las calles de la gran ciudad, al pasar por una finca, vio un anuncio que decía: "solicito jardinero". Sin pensarlo tocó el timbre; salió una hermosa mujer, y él, saludando con respeto, le dijo:

—Vengo por lo del anuncio; tengo un poco de experiencia con el cuidado de las plantas.

La joven le dijo:

—Pues el trabajo es suyo; mi esposo y yo estamos recién casados y todavía no tenemos hijos; pero queremos que, cuando lleguen, el jardín esté bonito para que ellos jueguen en él.

Ramiro le dijo:

—Señora, su jardín será bello para cuando sus niños vengan.

La joven señora le dijo:

—Mi esposo se llama Rogelio, y mi nombre es Rubí. Usted tendrá un cuartito cerca del jardín.

Desde ese momento, Ramiro se instaló en la casona de esa ciudad. Cuidaba del jardín, y poco trato tenía con la joven pareja, al igual que los demás empleados. Después de dos años, la joven pareja esperaba con mucho amor a su primer hijo, llena de ilusiones. Por su parte, Ramiro se sentía muy contento como el jardinero de esa casa; ganaba un sueldo justo y era muy feliz.

Llegó el día tan esperado; en la casa había mucho movimiento, pues al fin llegaría el hijo tan esperado por la joven pareja. Ya en la clínica, Rogelio —que acompañaba a su esposa— esperaba con muchos nervios el nacimiento de su primer hijo. Cuando el niño nació, el doctor les dijo: "todo salió bien, es un hermoso niño; muchas felicidades para los nuevos padres". Rogelio se acercó al lado de la joven madre y se quedó por un momento en silencio: no podía dar crédito a lo que sus ojos veían. Su hijo, que por nueve meses se había imaginado, no se le parecía en nada. Rogelio era de piel morena y pelo muy rizado, y Rubí era de piel también morena, aunque más clara y pelo ondulado. Y estaba ante sus ojos un niño rubio con los ojos verdes. Lo primero que pensó fue que su mujer le había sido infiel precisamente con el jardinero, y le dijo:

—Rubí, no esperaba esto de ti, me traicionaste con Ramiro, el jardinero.

Ella le dijo:

—Amor, yo te juro que nunca te he traicionado; este niño es tu hijo.

Pero Rogelio ya no la escuchó y le dijo:

—Irás conmigo a la casa, pero solo para que recojas tus pertenencias y veas con tus propios ojos cómo hago pedazos a tu amante.

Ella, con lágrimas en los ojos, le seguía diciendo:

—Te juro que soy inocente, nunca te he traicionado.

Cuando llegaron a la casona, los sirvientes tenían preparada una gran fiesta para dar recibimiento al pequeño y a los jóvenes padres, sin imaginar lo que había sucedido. Entró primero Rogelio, y todos gritaron: "¡¡Felicidades, que viva el nuevo papá!!". Él, dando un grito que a todos desconcertó, les dijo:

—Aquí no hay nada que celebrar; quiero que llamen al jardinero y que me dejen a solas con él.

Todos se asustaron y corrieron a buscar a Ramiro que, en ese momento, descansaba después de un día muy pesado de trabajo; pues se había esmerado en tener las más hermosas flores para felicitar a los nuevos padres y para que el pequeño tuviera un feliz y colorido recibimiento. Cuando escuchó que lo llamaban en voz alta: "Ramiro, el patrón quiere que vayas pronto, te espera en la sala", él se levantó y fue rápido. En la sala estaba un hombre muy enojado y, a su lado, estaba Rubí con su pequeño en brazos. Cuando Ramiro entró con mucho respeto, le dijo:

—Señor, ¿me mandó llamar? ¡Señor, muchas felicidades! Por su pequeño hijo, les dejé el jardín muy bonito para que paseen por él con mucha alegría.

Pero Rogelio lo calló y le dijo:

–Nunca pensé que tú me pagarías con una traición. Este niño no es mi hijo; este niño tiene tus facciones y el color de tus ojos. ¿Cómo pudieron hacerme esto? Solo los traigo para que ella vea cómo te hago pedazos; después esta mujer será arrojada a la calle con ese hijo.

Ramiro le dijo:

–Señor, le juro por lo más sagrado que jamás lo traicioné y que esta muchacha nunca lo traicionó conmigo.

Rogelio, muy furioso, le dijo a Rubí:

–Esto que me hicieron lo van a pagar muy caro. Tú irás a la calle, pero a tu amante lo haré pedazos, y tú lo verás con tus propios ojos.

Rubí solo lo escuchaba y lo miraba con temor cuando, en ese momento, Ramiro vio un cuadro que colgaba de una pared y dijo muy asombrado:

–¿Dalia?

Rogelio volteó y, mirando el cuadro, le preguntó:

–Dime, ¿tú conociste a esa mujer?

Ramiro le contestó:

–Primero dígame usted. ¿Qué relación tiene con ella? Rogelio le dijo:

–Ella… era mi madre.

Ramiro le dijo:

–Antes de que me haga pedazos como dice, déjeme decirle que Dalia fue la mujer que más amé en mi vida. Vivimos un amor único y limpio, pero sus padres la alejaron de mí por ser yo un hombre humilde, y nunca volví a saber nada de ella.

Rogelio, asustado por lo que estaba escuchando, le preguntó:

–¿Estás seguro de que ella es la misma mujer que tú quisiste?

Ramiro le contestó:

–Estoy completamente seguro. Ahora dígame usted: ¿Quién es su padre?

Rogelio le contestó:

—Yo era muy pequeño cuando mi madre falleció. Ella solo me dijo que mi padre era el hombre más bueno del mundo y que jamás había amado a otro.

Entonces Ramiro le dijo:

—Entonces no tengo que explicarle por qué su hijo tiene los ojos del jardinero. Yo no sabía que Dalia iba embarazada, pero jamás dejé de buscarla y nunca dejé de amarla. Ahora solo te pido que le pidas perdón a tu esposa. Después haz de mí lo que tú quieras; ya sabes ahora que tú eres mi hijo.

Rogelio, postrado de rodillas ante su mujer y pidiéndole perdón a su padre, los abrazó. Tomando al niño en sus brazos, le dio su bendición y les dijo a los sirvientes:

—Quiero que preparen otro lugar muy especial en la mesa porque tengo un invitado de honor. Que siga esta fiesta, y feliz me sentiré de que todos mis hijos tengan los ojos del jardinero.

ÍNDICE

Editorial LibrosEnRed

LibrosEnRed es la Editorial Digital más completa en idioma español. Desde junio de 2000 trabajamos en la edición y venta de libros digitales e impresos bajo demanda.

Nuestra misión es facilitar a todos los autores la edición de sus obras y ofrecer a los lectores acceso rápido y económico a libros de todo tipo.

Editamos novelas, cuentos, poesías, tesis, investigaciones, manuales, monografías y toda variedad de contenidos. Brindamos la posibilidad de comercializar las obras desde Internet para millones de potenciales lectores. De este modo, intentamos fortalecer la difusión de los autores que escriben en español.

Ingrese a www.librosenred.com y conozca nuestro catálogo, compuesto por cientos de títulos clásicos y de autores contemporáneos.

www.ingramcontent.com/pod-product-compliance
Lightning Source LLC
Chambersburg PA
CBHW030036030726
47500CB00001B/127